AF563896

LES PETITS MÉMOIRES

DE

PARIS

V

Les Nuits de Paris

Les Petits Mémoires de Paris seront complets en six volumes

Déjà parus :

I. — Les Coulisses de l'Amour
II. — Rues et Intérieurs.
III. — Carnet d'un suiveur.
IV. — Les Petits Métiers.
V. — Les Nuits de Paris.

A paraître prochainement :

VI. — Toutes les Bohêmes.

Il est tiré de chacun de ces volumes vingt-cinq exemplaires sur Japon des Manufactures impériales, numérotés de 1 à 25, et contenant une double suite des eaux-fortes. — Prix : 10 francs.

LA MÉSANGÈRE

LES
PETITS MÉMOIRES
DE
PARIS

CONTENANT

Quatre Eaux-Fortes originales

PAR

Henri BOUTET

V

Les Nuits de Paris

A PARIS

CHEZ DORBON L'AINÉ, LIBRAIRE

53 ter, Quai des Grands-Augustins

MDCDIX

NOTE DE L'AUTEUR

Comme les diables ont le privilège de pénétrer partout, d'ouvrir les portes et de soulever les toits des maisons, il n'était rien de mieux à faire pour tracer un tableau des nuits de Paris, que de réclamer le concours du diable; concours qui semblait d'autant plus indiqué que, la plupart des scènes qui se passent la nuit dans la Capitale, appartiennent plutôt à l'Enfer qu'au Paradis.

Asmodée ayant été le cicerone de Cléophas Zambullo était, plus que les autres diables, indiqué pour diriger nos investigations. Il est le diable de l'Amour qui s'emploie aussi bien aux accouplements passagers qu'aux mariages qui n'ont, comme raison d'être, que la recherche de la matérielle et l'amour de la pièce de cent sous.

Nous suivrons donc Asmodée, et nous profiterons de cette facilité d'entrer partout pour écouter aux portes, regarder aux fenêtres et pénétrer dans bien des endroits qui pourraient moins intéresser notre guide.

Notre désir de voir, de connaître et d'analyser ne se cantonne ni dans l'étude d'une classe particulière ni dans la recherche d'éléments spéciaux.

Nous voulons aller partout : mener, conduire le lecteur dans les endroits les plus divers à la suite d'Asmodée, notre guide.

La diversité de ces tableaux dira combien, à Paris, les nuits ne sont que des jours qui se continuent, puisque la vie de Paris ne s'arrête jamais.

Les Nuits de Paris

Dans un voyage par le temps clair d'une belle nuit d'été, accoudé à la portière du wagon, vous avez vu, le long de la route, couchés comme des troupeaux endormis, autour du berger qui les veille, tous ces petits villages au repos, groupés autour des vieux et rustiques clochers qui dressent, dans la poussière d'or des étoiles, leurs reposantes et poétiques silhouettes.

Impression de paix profonde et de néant absolu! C'est l'image du repos des êtres et des choses, jusqu'à l'heure du réveil claironné par la fanfare des premiers rayons de soleil.

Toute la nature sommeille. Les fleurs ont fermé leurs corolles; les oiseaux ont interrompu leur chant.

Sous le chaume des fermes, sur la paille des étables, bêtes et gens obéissent aux lois naturelles qui font germer des heures de repos les forces créatrices de la vie des lendemains.

Paris est le révolté de toutes les lois d'harmonie! Entraînés par le mouvement qui les mène, dirigés par la nécessité de vivre ou obsédés par le désir de jouir, les gens se lèvent à l'heure où ils devraient se coucher.

La nuit commence avec les lampes qui s'allument, pour finir avec la première sortie de la porteuse de pain.

Que de faits, que de choses s'enchaînent entre ces deux points!

Doucement, la nuit arrive avec les rentrées au logis, le dîner en ville, les soirées au théâtre, la tranquille promenade du bourgeois qui va chercher les dernières nouvelles, en fumant son cigare... Et c'est minuit! Minuit dont les douze coups, jetés dans l'air par le marteau des horloges de la ville tombent, lentement, dans le silence de la nuit.

Le mot minuit est enveloppé de mystère!

Minuit! C'est l'heure de l'embardée vers le crime. C'est l'heure où on trousse les filles et où on détrousse les passants. C'est l'heure où les lampes s'éteignent dans les mansardes quand les fronts tombent de fatigue sur le travail des maigres salaires. C'est l'heure où, penchés sur des feuilles de papier, des gens cherchent des combinaisons propices à vider les porte-monnaie et les bas de laine. C'est l'heure où le commerçant, le nez dans ses livres de compte, voit des bataillons de chiffres se dresser menaçants devant lui, comme de la mitraille qui va le fusiller le long du mur d'une faillite. D'autres, demandent à ces mêmes chiffres, une élasticité qui donnera des bénéfices à l'aide de résultats complaisants. C'est l'heure des chiens errants et des poètes faméliques. C'est l'heure où se terminent des drames et où se commencent des idylles

C'est l'heure de la première nuit dehors de la femme adultère, de l'angoisse de celui qui, dans l'appartement bourgeois, l'attend, prévoyant plutôt un accident qu'une fuite. C'est l'heure, à la table d'un bar, du règlement de compte de la rouleuse avec son souteneur. C'est l'heure où le boulanger halette sur son pétrin ; c'est l'heure de la fournaise dans les imprimeries de journaux. C'est l'heure des râfles, c'est l'heure où des fêtards ivres, se font conduire dans des maisons de femmes. C'est l'heure du coup de surin au coin des rues. C'est l'heure où, sous des cerveaux de révolte, des ambitions fermentent. C'est l'heure où le poète, accoudé devant la nuit, enfante un chef-d'œuvre.

C'est l'heure profonde et mystérieuse où le savant doute, où le penseur réfléchit... et où le sage s'endort.

Autour de Saint-Séverin.

Comme il ne restera bientôt plus rien du quartier Saint-Séverin et de la place Maubert, il est temps de s'y promener le soir, si on veut garder le souvenir de ces vieilles rues à l'heure où la débauche bat son plein.

Là, les filles, vraies ribaudes du temps passé, s'offrent, sans artifice, aux appétits des passants.

Dans les bureaux d'hôtels donnant sur la rue, chez les marchands de vins.... elles demeurent en caraco et en jupe, à peine peignées : nature, en somme. Ce genre voulu a sa clientèle tout comme les autres. Les maçons, les traînards des restaurants et des bouges d'alentour, des poètes échoués dans ce quartier, pensant à Villon et à Gringoire, donnent volontiers la préférence à la simplicité du mets sans apprêt qui leur est offert dans les prix doux.

L'œil au guet, derrière les vitres, elles sortent volontiers, chasser le client indécis ou timide. Le purotain s'engouffre à la suite de la femme en camisole sous la porte qui suinte l'humidité, devant l'escalier aux marches de guingois, qui les mène dans quelque soupente où le choix d'un canapé de reps aux ressorts geignards ou d'un plumard lamentable est offert aux nécessités du sacrifice.

Ces plaisirs ne sont pas ruineux dans ce quartier; des vieilles femmes centenaires vous les offrent à des prix dérisoires.

Entrons dans quelques bouges autour de la rue Zacharie. Asseyons-nous et offrons des cerises à l'eau-de-vie à ces pauvres douairières de la galanterie, qui nous tapent de cigarettes et de menue monnaie.

Depuis la disparition du Château-Rouge et d'Alexandre, ces bouges n'ont presque plus d'histoire; ce sont de très petites boutiques avec quelques tables seulement et un comptoir où trône un homme du Cantal ou une femme barbue de la Lozère qui tricote des bas, entre les tournées qu'elle sert aux maçons et aux miséreux en bonne fortune.

Ces endroits de modeste apparence, ne sont pas dangereux. Ils ne tentent pas les professionnels du surin ni les filles qui chassent le gros gibier. Ce sont de paisibles endroits ; on peut s'y asseoir sans crainte et rêvasser à son aise.

Tourner une heure dans toutes ces rues, à la nuit tombante d'un soir d'hiver, est un plaisir qui ne sera pas offert longtemps à ceux qui, à la suite des Delvau et des Privat d'Anglemont, aiment à pénétrer dans les bas-fonds de Paris.

Les dernières nouvelles.

L'existence paraît fade au Parisien, quand il ne vit pas dans l'attente des « dernières nouvelles ».

Les journaux ont attisé leur curiosité, et leur ingéniosité s'emploie à la satisfaire au mieux des intérêts de chacun, surtout du journal.

Ceux qui ont vécu la période de la Guerre, ceux qui ont suivi tous les événements politiques : séances sensationnelles de la Chambre, élections, démission et formation de ministères, connaissent les soirs où le boulevard est enfiévré dans l'attente de la dernière feuille parue qui ne leur donne que quelques lignes sans importance, en plus de ce que contenait l'édition précédente.

Les élections présidentielles, la période du Boulangisme, l'affaire Dreyfus ont entretenu, pendant longtemps, un besoin d'informations, non pas de jour en jour, mais de minute en minute.

La guerre russo-japonaise, et, en dernier lieu, l'affaire Steinheil, ont été les deux événements qui ont apporté en ces dernières années, les éléments de cette information à outrance.

Le jour des aveux de Mme Steinheil, au sujet de la perle trouvée dans le portefeuille, nous a ramené, pendant quelques jours, à un débordement de curiosité, à une angoisse de l'attente, qui nous faisait remonter aux soirs d'orage des derniers jours de l'Empire.

Du boulevard, jusque dans les rues de faubourg, les camelots écoulaient des ballots de journaux; on rencontrait des gens qui en avaient dans leurs poches, sous leurs bras, et qui tenaient à la main la sixième édition de n'importe quel canard.

Dans les soirs enfiévrés, c'est jusqu'après minuit qu'aux boulevards, autour des kiosques qui s'allument sur les fonds d'horizon éteints, que toute une foule impatiente moutonne dans un remous de vagues qui agite les chapeaux, remue les groupes, qui se poussent, les bras en l'air, vers la table pliante qui vient de recevoir le dernier paquet.

Les premiers servis, sous des becs de gaz, près des vitres éclairées des cafés, pêchent dans les colonnes les titres propres à satisfaire leur curiosité; des gens les entourent, lisant derrière leurs épaules, commentant les faits.

Une vie intense circule entre tout ce monde dirigé vers un but pareil..... Peu à peu, la place se dégarnit. Il n'y a plus rien à attendre, ce soir, et tous ces gens qui se coucheront très tard, regagnent leur logis, satisfaits de savoir ce qu'ils auraient très bien pu n'apprendre que le lendemain matin.

Les restaurants de femmes nues.

A un souper de gens du monde, un certain soir, on apporta, sur une planche couverte de serviettes, mademoiselle Déjazet toute nue, étendue nonchalamment et entourée d'un buisson de cresson sur lequel on avait piqué des roses. Je n'ai pas besoin d'ajouter que ce n'est pas à la fin de sa carrière que mademoiselle Déjazet joua ce rôle muet, où, paraît-il, elle était tout à fait charmante.

Peut-être les limonadiers se sont-ils emparés de ce fait aimable de notre histoire pour masquer l'insuffisance de consommation et donner une raison plausible à la majoration de l'addition, en servant à leur clientèle, au moment ou les doigts font craquer le londrès, des dames qui n'avaient pour toute parure qu'un ruban dans les cheveux.

L'entremets, ignoré dans les dîners à 3 fr. 50, a semblé immoral; les limonadiers et les petites femmes ont été poursuivis et condamnés à un peu de prison et à très peu d'amende — avec sursis — ce qui veut dire que, non seulement, les soupers athéniens ont existé, mais qu'ils existent encore et qu'ils existeront toujours; on prendra ses précautions en conséquence. La morale à tirer de cette aventure est en ceci.

La vue des femmes nues est autorisée dans certains établissements et tolérée dans beaucoup d'autres. Ainsi, n'ai-je pas du tout compris ce qu'il y a de délictueux à regarder des femmes nues en mangeant des asperges ou en taquinant des queues d'écrevisses, quand il est permis de les contempler en trempant un biscuit dans une coupe de champagne comme il est d'usage de le faire dans les maisons bien tenues.

Regarder si une femme a des fossettes dans le dos est donc autorisé ou défendu suivant la nature de ce qu'on mange, en se livrant au délicat plaisir de contempler des femmes qui ne se mettent nues que parce qu'elles sont bien faites.

Ombres dans la nuit.

Le long des quais, au jardin des Tuileries, aux Champs-Élysées, le soir, très tard, ou bien avant dans la nuit, vous voyez passer des ombres, souvent drapées comme de fantômatiques apparitions. Ces ombres paraissent glisser dans l'inconnu, mais elles se dirigent toujours vers « l'inconnu » qui passe, engoncé dans le col du pardessus, la canne sous le bras.

Indiscrètes, ces ombres demandent à cet inconnu ce qu'il fait à cette heure. S'il ne répond pas, elles n'insistent guère, après toutefois, avoir émis quelques propos sataniques.

Il est des inconnus qui, eux, vont au devant de ces ombres ; alors, ce sont eux qui préparent les discours.

Ce sont alors deux ombres qui, lentement, marchent côte à côte, dans la nuit; leurs silhouettes se perdent à l'horizon et, seul, le feu d'un cigare indique que les ombres sont encore là.

Rien que de très naturel de rencontrer des ombres aux Champs-Élysées. C'est là leur royaume; c'est dans la nuit qu'elles se meuvent et les pâles rayons de lune viennent au détour d'une allée, éclairer seuls, les mystères de leurs promenades nocturnes.

Il est beaucoup d'inconnus qui aiment le troublant attrait du silence des nuits. Ce sont des blasés, des désenchantés de la vie qui viennent chercher, là, dans les apparences du néant, l'oubli demandé un moment à des fantômes qui n'ont pas d'âge, qui sont presque irréels, qui ne gênent pas l'imagination, qui laissent aller la pensée se perdre dans la brume mystérieuse des choses !

Les groupes s'enfoncent souvent dans l'épaisseur des taillis; s'asseyent sur des bancs, dans les endroits les plus solitaires, restent sans mouvements, figés, presque immobiles dans des poses très simples où le geste se devine plutôt qu'il ne se voit...

Et ces ombres se quittent et ne se reverront peut-être plus. Les ombres des Champs-Élysées apportent aux inconnus égarés ce qui leur manque quelquefois dans la vie, ou ce qu'ils n'ont pas à leur gré, ou ce qui ne satisfait pas leurs goûts.

Ce sont des oiseaux de nuit qui passent dans les ténèbres pour calmer leur fièvre et tuer leurs désirs.

Bal de Mairie

Le bal de la mairie du XXXVIe arrondissement qui se donne tous les ans en Janvier développe dans le monde de la politique et du commerce une émulation dont les toilettes féminines fournissent la preuve.

Les grosses maisons du quartier font assaut de recherches élégantes et, un mois à l'avance, on parle des toilettes de Mme Loubert et de ses filles (*Appareils de chauffage*). La maison Plumereau et Cordier (*Pâtes alimentaires*) apporte à la fête les formes opulentes et bien drapées de Mme Cordier et les petites manières de poupée de Mme Plumereau, qui ne sont pas sans grâce. Les fils de la maison Pocheron (*Vernis en gros*) représentent l'élément boulevardier à l'aide de blagues empruntées au répertoire des commis-voyageurs et des cafés-concerts. La maturité décorative de Mme Bignolet (*Battage de tapis*) s'offre toujours, aux regards des amateurs, dans des velours ou des peluches qui font valoir sa carnation toujours jeune. Les trois jolies petites sœurs de la maison Bougnasse et Cie (*Veau mégis et peausserie fine*) sont toujours mignardes et vêtues pareilles. Elles ne se marient pas. Peut-être les prétendants croient-ils qu'il faut les prendre toutes les trois? La maison Dussertier (*Grains, issues et fourrages*) fait des entrées sensationnelles avec la belle madame Dussertier, son fils en polytechnicien, et son mari qui ressemble au comte de Chambord.

L'entrepreneur des pompes funèbres, membre influent des comités électoraux, apporte avec lui la grâce menue de sa femme une petite rigolotte qui, depuis dix ans, a l'air d'une poupée qui ne vieillit pas. Puis, c'est la belle Mme Gison (*Fruits et primeurs*) qui depuis longtemps « frise la quarantaine » et qui se fait remarquer avec le fils Cochet (*Instruments de précision*).

Tout le clan électoral, toutes les sociétés de soupes populaires, de mutualités, de fourneaux économiques et de sociétés coopératives sont représentées par leurs membres les plus influents.

Les boutonnières d'habits sont ornées de médailles de sauvetage, de rubans violets académiques, de rubans verts potagers et même de rubans rouges, qui témoignent de la sollicitude du pouvoir envers les défenseurs de la bonne cause.

On danse avec entrain, convenablement, les valses ne sont pas indécentes et ne prêtent à aucun vertige. Seul, le quadrille des lanciers est prétexte à quelque fantaisie de la part de la jeunesse du quartier adonnée aux sociétés de sports.

Dans les petits salons, les gros commerçants et les présidents des nombreuses sociétés de l'arrondissement jouent au bridge, comme des fils de famille et taillent un petit bac chemin de fer, comme des financiers.

Le député et le maire circulent dans les salles, la poignée de mains en avant et le sourire aux lèvres; et, dès demain, l'*Echo* du XXXVIe rendra compte d'une fête qui n'a jamais été aussi brillante, en signalant la présence de toutes les autorités et l'éclat apporté à ce bal..... par les grâces de l'élément féminin et par l'entrain de toute la jeunesse républicaine qui s'y était donné rendez-vous.

Monsieur rentre tard.

Il est 2 heures du matin, Monsieur est à un dîner de corporation. Il a dit : ... Je serai là à 11 h. 1/2 au plus tard, le temps de prendre un bock avec un copain.

Voilà trois heures que Madame attend; inquiète, inquiète surtout sur la façon dont Monsieur occupe le temps de ces heures supplémentaires. Sur la table de nuit, la lampe à abat-jour rose brûle toujours; sur le lit, entr'ouvert et bâillant sur l'édredon, un volume de Paul Bourget languit.

Enfin! un bruit dans l'antichambre, annonce une tentative pour ouvrir la porte. La clef fait des circuits autour de la plaque de serrure. Madame se lève et, nu-pieds, va ouvrir. Monsieur entre, introduit avec difficulté sa canne dans le porte-parapluie, et pénètre dans la chambre où Madame a repris, dans le lit, une position horizontale et agressive.

Monsieur. — Qu'est-ce que tu veux, on n'en finit pas avec ces bougres-là!... J'ai rencontré chose, machin. — Je sens quelque chose! — Que veux-tu que je sente? Ce ne peut être que le havane. Dupont en avait, d'exquis qui lui sont donnés par un sergent de ville. — Je sens la femme! Allons, bon, ça y est! je devais m'y attendre. — Mais comment veux-tu que je sente la femme, je n'en ai vu aucune, tu sais bien qu'il n'en vient pas à nos dîners. — Mais, comment, c'est moi qui le dis, mais tu peux le demander aux autres. — C'est la mode d'avoir des femmes nues au dessert! mais où as-tu pris ça? — Alors, tu crois que des industriels, des membres de la Chambre de Commerce, des gens qui font partie des comités d'exposition, des gens décorés, voudraient se compromettre en prenant part à des saturnales pareilles! — Ah non, je t'en prie! ma chérie, lâche-moi! — Mais quelles femmes? Quelle odeur? — Alors, il ne faut pas que je me fasse faire la barbe, quand je dîne en ville... Il faut que je pue pour assurer ta tranquillité! Et encore, tu pourrais me dire qu'Henri IV!... — Ah! non, la barbe...! la barbe! — Flûte!... Ah! encore les femmes nues! — Eh bien, là, tu veux savoir tout, je vais te dire la vérité : ce n'était pas un dîner où il n'y avait que des hommes; c'était, au contraire, un dîner où il n'y avait que des femmes. J'y avais été seul convié; et, au dessert, c'est moi qui était tout nu sur la table, une coupe de champagne à la main et chantant : « Tout ça n'vaut pas l'amour ». Es-tu satisfaite, maintenant?.....

Je tiens ce monologue d'un ami qui occupe l'appartement voisin de celui où cette scène s'est déroulée. Les cloisons, comme toutes celles des maisons modernes, sont un peu plus épaisses que des feuilles de papier à cigarette, et mon ami a tout entendu.

Il ajouta que cette scène de ménage ne s'était nullement terminée d'une façon dramatique, certaines indications que nous ne préciserons pas davantage, lui ayant donné la certitude d'une réconciliation.

Les scènes de ménages amènent souvent un semblable résultat : elles sont nécessaires à une harmonie qui rend les unions fécondes.

Salle Graffard.

« Mercredi 25 janvier à 8 h. 1/2, M. Patouillard, député de la Bièvre, rendra compte de son mandat. Les dames seront admises. »

Cette affiche concise décorait de son ton jaune capucine, les palissades et les vitres de marchands de vins du quartier.

Ce genre de distraction qui paraît plutôt maigre, est assez couru. Voir un homme qui « rend compte de son mandat » est un spectacle qui attire la foule. Je suis donc entré voir M. Patouillard rendre compte de son mandat.

Je dois reconnaître que son entrée dans la salle, fut saluée par des applaudissements et, qu'après l'allocution du président, un grainetier qui bafouillait... fallait voir! Patouillard, montant avec majesté les quelques marches de la tribune, se mit aussitôt à bafouiller à son tour, mais pas de la même façon. Lui, était prolixe, ce qui est le seul moyen de s'en tirer, quand on n'a rien à dire.

Il expliqua ses votes, dévora le pape et trois curés, jura que toute sa vie avait été consacrée à la défense des institutions, qu'il était dévoué à son parti et que l'amélioration du sort des classes sociales, était le but de sa vie. Un loustic, à côté de moi, déclara que pour ce prix là, il était prêt à se dévouer à tout ce qu'on voudrait; ce loustic connut le modeste succès que lui apporta un entourage bienveillant et des sourires de femmes vinrent le récompenser, ce qui l'enhardit : « Je demande la parole », s'écria-t-il.

Quand Patouillard eut expectoré ses périodes et que dans une péroraison véhémente, il vint flétrir la réaction et « ses basses intrigues », la parole fut donnée à mon loustic :

« N'ayez pas peur, camarades, comme j'ai des choses plus sérieuses à dire que le copain, ça sera moins long. »

Ce langage irrespectueux souleva un tolle dans l'auditoire formé de membres de comités électoraux dociles, ce qui n'interloqua nullement mon loustic, encouragé par les applaudissements de ses voisins.

« Y a pas à dire, camarades, nous sommes au temps, non pas de la poule au pot, mais de l'assiette au beurre. Vous plaignez pas, chacun a son compte. Vos députés, vos patrons, tous ceux qui s'occupent de votre bonheur, pourraient tout garder pour eux. Ils ne prennent que le beurre et vous laissent l'assiette ! Vive la République ! »

Et il disparut après avoir jeté sur l'auditoire, la seule parole qui fut une vérité.

L'apoplexie.

La fille nue, en bas noirs, jarretée de mauve, les pieds dans des mules de satin cerise, descendit l'escalier, épouvantée.

Sur sa route, dans l'escalier, aux paliers des étages, elle rencontra d'autres femmes nues comme elle, qui tenaient des brocs de nickel à la main, et qu'elle bouscula.

Arrivée au premier, elle pénétra dans une petite pièce très éclairée, où une femme vêtue de noir, assise à une table, devant des livres, faisait des additions.

— Madame est là? dit-elle, suffoquée, paraissant ne pas pouvoir en dire plus long.

— Qu'est-ce qu'il y a? Est-ce que tu t'essayes à la tragédie.

— Vous êtes bonne, vous, et elle s'affala sur un divan rouge, au fond. — Mon type vient de tomber comme une masse. Du lit, il est dégringolé par terre. Y n'bouge pas, je crois qu'il est claqué!

— Zut, alors, dit la femme en noir, qui sans doute, sous le coup d'un savonnage de la patronne, était maussade. Quelle boîte! Ça n'arrive qu'ici! En v'la du chichi. Tu sais bien que madame est au bal de l'Elysée. Ah! ben, en v'là du propre. Viens vite, montons.

— Non! j'ose pas, j'ai peur.

— Tu ne t'imagines pas que c'est moi qui vais soigner tes blessés! et elle l'entraîna.

On envoya une bonne chercher un médecin, qui arriva avec son forceps; il avait entendu accouchement au lieu d'évanouissement.

Quand il sut de quoi il s'agissait, il laissa son instrument sur la table du bureau et monta. Il était trop tard, l'homme ne respirait plus. Des injections d'éther, des tractions rythmées, ne le ranimèrent pas. Il était mort.

La sous-maîtresse recommanda de ne rien dire et de courir chez le commissaire de police.

On fouilla les vêtements, on vida les poches, on ouvrit le portefeuille pour constater l'identité ; c'était un homme d'une cinquantaine d'années, juge d'instruction dans une ville de province. La famille fut informée qu'on l'avait trouvé mort, dans un fiacre.

« *Ces Messieurs sont servis.* »

L'inventaire de la grande maison de tissus X, Y, Z et Cie ayant été terminé sur des résultats qui accusaient de gros bénéfices, le commanditaire, les deux associés et un ami se réunirent au boulevard pour fêter la bonne nouvelle.

On fit bien les choses. Le dîner fut servi dans un petit salon auquel attenait un fumoir.

Jusqu'au dessert, on ne parla que de la maison X et Cie, de ses efforts, de l'augmentation de ses bénéfices et des projets à maintenir. Le directeur commercial énuméra les moyens d'action sur les grands magasins et sur le commerce des tissus.

Le directeur technique parla des économies de la main-d'œuvre, de la suppression d'ouvriers gagnant trop et de leur remplacement par des petites mains qu'on ne paierait presque pas. Il donna des détails sur le perfectionnement de l'outillage qui devait amener ce résultat.

Le commanditaire, béat, acquiesçait ; son argent lui rapportait quinze pour cent, ce qui lui fit trouver les écrevisses délicieuses. Il dit, cependant, devant l'expectative de bénéfices encore plus élevés qu'on lui laissait entrevoir :

— A la condition que nous n'ayons pas de grèves !

— La grève, je m'en fous, dit-il, je m'en charge. Ces gens-là se matent avec de l'énergie. Les patrons qui canent sont cause de tout le mal. Avec moi, vous pouvez être tranquille... et, pour montrer sa force, ses dents s'actionnèrent sur une cuisse de perdreau.

On passa aux entremets, aux desserts, aux vins fins, au champagne et il fut convenu qu'on ne parlerait plus affaires et qu'il était mieux de causer de petites femmes.

« Vous devez vous en payer, vous, dit le commanditaire qui, quelquefois, avait promené sa graisse au milieu des « petites mains » vêtues de sarreaux qui ressemblent à des chemises et sur lesquelles de petites têtes ébouriffées sont montées comme des têtes de poupées.

Les havanes à cent sous, les verres de fine et de triple sec se renouvelaient et haussaient le ton des propos.

On appela le garçon : « faites-nous monter des femmes ! »

« Trouvez-moi un trottin, dit le commanditaire, un vrai, avec son carton ; j'y mettrai le prix.

Les garçons sont outillés aussi bien pour ce genre de consommation que pour les cigares...

Le quatuor continua à dire des cochonneries. Vous nous appellerez, dirent-ils au garçon, quand elles seront déshabillées; et ils passèrent au fumoir. On ferma la porte et ces messieurs attendirent.

. . . .

— Le petit trottin, assis sur la table au milieu des bouteilles de champagne avait débridé son corset. De jeunes seins saillaient sur les volants de la chemise. Elle avait relevé ses jupes très haut; deux petites jambes d'hirondelle, gantées de noir... fusaient sous le frou-frou des jupons, montrant, un peu de chair.

Puis, arquée sur les bras, sa tête gamine rejetée en arrière, la poitrine en avant, préparée au sacrifice, elle s'écria :

— « Ces messieurs sont servis ! »

. . . .

La porte s'ouvrit; et, devant le petit chaperon rouge...., l'ogre entra.

L'orgie romaine

Restaurant des Halles, mardi-gras, 4 heures du matin.

Tout le monde du bal Wagram et tous les insexués, répandus, ailleurs, dans quelques sauteries mystérieuses du quartier de l'Europe, sont descendus là.

Nous y retrouvons les Bobette, les Lucienne et les Belle Otéro vues ailleurs. Le d'Hozier de la pédérastie est là, autour des tables, minaudant, jouant du croupion, jetant autour d'eux des yeux mourants, montrant des bras de femme et des torses épilés passés au blanc gras.

Là, on se dépoitraille, on est chez soi, en pays conquis, au milieu du monde chic des amateurs de charmes masculins; excités par cet étal de chairs savamment préparées, par la canaillerie de certains titis à la blouse échancrée, aux pantalons de soie sur lesquels les mains se promènent amoureusement, comme celles d'un sculpteur caressant la forme que son cerveau a conçue, dans la glaise luisante où se promène des doigts.

Sur les tables, depuis le rez-de-chaussée jusqu'en haut, les salons sont pleins, on n'y peut trouver une place. Les plateaux soulevés par les doigts des garçons, contiennent les « marennes » et les « côtes rouges » de choix ; sur d'autres se dressent les pyramides d'écrevisses qui tachent l'atmosphère rousse et brumeuse de leur note écarlate.

Aux soupers qui prennent fin, sur les tables, les kummels ont l'air de diamants sertis dans une joaillerie où scintille l'éclat de topaze des fines-champagne, l'émeraude des pippermint et le rubis des curaçaos.

Les serviettes en tampon traînent sur la table autour des bouteilles de champagne, cravatées d'or et d'argent, voisinant avec les boîtes de purs « villars » ouvertes, montrant sous leurs bagues dorées, le ton noisette de leur chair ; des paquets de cigarettes de tabac d'Orient, menues et fines, faites pour les doigts manicurés de ces femmes du sexe masculin, sont éparpillés, au hasard, sur la blancheur crue des nappes où traîne quelque écorce de mandarine qui voisine avec un gant.

Un décor de féminité extrême pare de ces artifices ce monde spécial qui commence à escompter les jouissances futures préparées par la bonne chère, la griserie des lumières et l'essence capiteuse qui monte de la mousse des Champagne...

Allons nous-en. Que voir encore? Que savoir de plus?

Nous descendons, passant devant les portes de cabinets particuliers qui sont les portes de l'Enfer.

En bas, près du comptoir, des gas maraîchers, en blouse, prennent le vin blanc. Ils font penser à des étreintes de filles de fermes, sous des meules de foin, en plein midi, quand le soleil flambe !

Noël de pauvres.

Noël! La fête des humbles, des pauvres et des déshérités. L'évocation de la pauvre étable de Bethléem, du petit enfant couché sur de la paille, réchauffé par la chaleur des bêtes. Et tout ce quartier de misère est en liesse !

Les petites boutiques bordent le large trottoir de l'avenue ; les étalages des boutiques se déversent au dehors sur les tables dressées où s'amoncellent, ouvertes, les boîtes de bergeries aux petits arbres verts qui sentent bon le sapin, qui éveillent à l'esprit les chaumières de la Forêt Noire, où, se taillent au couteau ces jouets restés les mêmes pour les pauvres ; ces jouets antiques qui gardent toute la poésie des années de jeunesse, du temps où, soi-même, on les trouvait dans la cheminée, au milieu d'un tas de choses désuètes, ayant gardé la saveur des parfums au fond des vieilles boîtes, où, depuis longtemps elles sont rangées.

Les boutiques d'épicerie, les bazars ont dressé la crèche devant laquelle les mioches écarquillent les yeux, bégayant, en points d'interrogation, les mots doux qu'on leur a appris, disséquant de leur curiosité naïve la légende du petit Jésus, de la bonne Vierge, du charpentier et des mages.

Et tout ce monde affairé va, vient, circule emportant des paquets et de la boustifaille, prenant, malgré leurs misères, plus de joie saine que les heureux de ce monde, à cette fête qui est avant tout la leur.

Dans les chambres d'ouvriers, autour du poêle qui ronfle, on s'assemble en famille ou entre voisins; repas de pique-nique où chacun apporte son écot, où la ménagère range l'établi, mouche la lampe à abat-jour vert, compte si elle a assez de verres et d'assiettes, avant d'aller en demander quelques-unes à la voisine du palier ou à la concierge. Les hommes arrivent un peu en retard de l'apéritif, qu'on est allé prendre avec les amis et le fils aîné, soldat en permission, qui cache sous sa capote les jouets, achetés en route, et qu'on mettra dans la cheminée pour la petite sœur.

Oh! bonne joie des pauvres gens! Tableaux de vie intime des endroits où on trime. Rues et faubourgs avec toutes vos fenêtres allumées dans la nuit comme de grandes veilleuses, vous êtes la vraie poésie de ce jour de fête profané par les réveillons du chiqué où de la noce, sali par les rastas en habit et le maquillage des filles dépoitraillées.

Au faubourg, ce jour-là, on ne couche pas les gosses. Le petit museau de la fillette est là, près du menton de galoche de la vieille voisine; et, sur les genoux de la mère, le dernier grouillot prend sa part de la fête, essayant de chiper de ses mains maladroites quelque morceau tombé de l'assiette. Il est sans s'en douter et sans que, non plus, les autres y pensent, le vrai roi de la fête... Le frère du petit Jésus, qu'avant dîner, chez l'épicier du coin, la grande sœur lui faisait voir dans la crêche, couché sur la paille de l'étable, au milieu des bêtes, de l'âne et des bœufs qui le réchauffaient de leur haleine, pendant que les beaux mages, tous chamarrés d'or, entraient par la porte du fond, ou, dans le ciel bleu, on voyait briller l'étoile qui avait guidé leur pas.....

Les Messes de Minuit.

Le voile de la foi n'enveloppe pas toujours les cérémonies religieuses de la Messe de Minuit. Le Parisien, mieux que quiconque, sait à quoi s'en tenir sur ce sujet. Cependant, volontiers, nous constatons depuis quelques années que plus de réserve et plus de tenue sont observées par ceux qui y assistent.

Il y a-t-il, là, le sentiment de respect aux vaincus ? je ne sais, je constate.

D'autre part, il faut bien reconnaître que si nous donnons, comme à Saint-Eustache, les deux ou trois francs, ce n'est pas absolument pour faire nos prières qui seraient tout aussi bonnes si nous n'avions rien donné du tout. Il ne serait donc pas logique de demander à un public, venu uniquement pour entendre de bonne musique, le recueillement qui s'impose aux autres. Cet auditoire est respectueux et sa tenue est ce qu'elle doit être dans une église.

Voilà tout ce qu'on peut demander et

j'ai vu des gens discrètement courbés en deux, pour ne pas avoir l'air d'y mettre d'obstentation, se couvrir la tête, trouvant juste que Dieu, qui ne veut pas la mort du pêcheur, ne veuille pas non plus que le pêcheur soit enrhumé par des courants d'air.

La Messe de Minuit est donc toujours en usage, toujours suivie et respectée. Si ce ne sont pas des sentiments purement religieux qui vous y mènent c'est cependant l'inconsciente foi aux traditions reçues, qu'on y apporte. Qu'on le veuille ou qu'on ne le veuille pas, il en est ainsi.

Les églises de Paris sont donc pleines de fidèles et d'auditeurs à cette messe nocturne. Bien des portes d'églises sont fermées une heure avant le commencement de l'office, parce qu'on ne pourrait plus y trouver une place.

Les curés de ces paroisses n'ont pas tous la même entente du rite chrétien au sujet de ces messes, l'apport du chant, dû aux musiciens distingués qui apportent leurs concours à ces cérémonies, est diversement apprécié par l'Eglise.

Nous qui croyons que l'art doit parer tout — même les religions — nous trouvons au contraire, que les cœurs s'éveillent mieux à la foi, quand une église s'emplie du flot d'harmonie que les orgues font monter jusqu'aux voûtes, comme une prière qui doit les porter au-delà ; que les vieux chants liturgiques qui apportent aux prières la puissance de leur vigoureuse méthode d'harmonie doivent parer les cérémonies religieuses, comme le prêtre, lui-même, se pare de son étole brodée et l'évêque de sa mitre enrichie de pierreries. Rien ne saurait être trop beau pour donner à l'idéal la parure qui le fait échapper aux réalités. Ceux qui ont atteint les sommets de la foi n'en n'ont pas besoin, mais elle est nécessaire à ceux qui les cherchent.

Chez ces Dames.

La maison hospitalière est connue. Située en plein centre, au milieu des théâtres. On y vient, excité par les petites femmes de revues. On y est bien traité, à des prix abordables, et on y trouve tout le chichi, tout le flafla, tous les ors et tout le branle-bas du faux luxe à la portée des Péruviens, des marchands de bestiaux en bombe et des magistrats de province en mal d'amour.

Des filles beurrées de blanc-gras, épilées, passées aux crèmes d'amande, des odeurs de peau d'Espagne et de poudre de riz..... Nues, les jambes gantées haut de bas noirs à jour, la cheville engaînée dans des mules de satin, la cuisse cravatée de mauve, de jaune citron ou de vert pâle, s'offrent aux choix des amateurs. Les poings sur les hanches, rangées en éventail dans le salon où les ampoules crachent la lumière sur les fauteuils, les bronzes indécents et les peintures de prix de Rome en gésine qui décorent les murailles.

Le choix est fait sur un signe du client ; l'homme suit, grimpe les marches qui conduisent au premier, pendant que, par une autre porte, la coulée de chair s'épand dans la pièce, voisinant l'étal où la marchandise parée se montre..... Là, les dames revêtent des peignoirs, apaisent la monotonie des heures d'attente en faisant des réussites, en excitant leurs tendances sentimentales avec des lectures de feuilletons à un sou, en se livrant à de légers travaux de crochet, ou même en ne faisant rien du tout.

La conversation tient très peu de place dans ces réduits où la chair se tasse et fermente dans une chaleur de serre.

Les bonnes belges, luxembourgeoises, normandes ou bretonnes, fournissent généralement le personnel. Une fois débauchées par le potache, fils de la maison, ou engrossées par le père économe; passant ensuite du contact de la gueule glabre du valet de chambre aux bras robustes du garçon boucher, elles arrivent vite, après quelques étapes, à échoir aux endroits que le snobisme n'a pas encore doué d'un nom anglais et que le langage parfumé que nous a laissé le XVIIIe siècle appelle : des *lieux de plaisir*.

Ces lieux de plaisir sont confortables — le personnel est dressé pour satisfaire les goûts de la clientèle — on est très en sûreté et les prévenances de la sous-maîtresse sont inépuisables : l'une d'elles nous montra un jour une petite boîte remplie de rubans de tous les ordres : « C'est pour remplacer, dit-elle, celles que nos clients perdent parfois. » Il ne manquait qu'une cravate de commandeur !

Matin de Paris.

Une nuit dehors m'avait mené au coin de la rue d'Odessa. Je m'assieds à la table d'un assommoir, dehors, ayant près de moi un purotain qui fait de petits bouquets de boutons d'or de la provision contenue dans un immense panier.

J'aime à m'arrêter à cette heure matinale en certains endroits d'où je vois descendre, vers le cœur de la ville, la coulée humaine qui vient, tous les jours, lui apporter son sang. Je la connais, la marche lente et quotidienne, vers le bureau ou l'atelier, de tous ces combattants de la vie à gagner. J'ai noté, sur les visages, l'insouciance des uns et la fièvre des autres; les désirs des jeunes, l'amertume ou la résignation des vieux, devant la journée de travail à remplir.

Vos mines pâlottes, s'ébrouant dans un bâillement, vos yeux encore rougis du sommeil qui a bercé vos rêves et éveillé vos désirs, je les connais aussi, petites abeilles de la ruche immense et je ne vous demande pas, si c'est le travail prolongé du soir ou la nuitée d'amour, qui a pâli vos joues et rougi vos yeux.

Je sais bien voir celles de vous dont l'allure est déjà guerrière dans la cambrure d'une taille de seize ans; je devine le geste de vos doigts pâles sur lesquels, bientôt, ne se verront plus les piqûres d'aiguille, s'essayant déjà à broyer les cœurs et à mettre en bouillie les cervelles. Marchez, marchez! Qui vous arrêterait?...

Je ne vous reverrai sans doute pas bien longtemps, de cette table d'assommoir où je viens m'arrêter pour vous voir marcher à la conquête de la bête humaine!

Vous êtes si bien preneuses de sensations, que je ne vois plus que vous, et que, malgré moi, je subis votre écrasante domination, puisque les plis de vos robes, ou un rien de votre oreille rose, me masquent cette marche des vaincus de la vie! puisque vos yeux ont pris les miens et que je ne sais plus voir les pauvres yeux des autres, qui, sur des visages de douleur, proclament la désespérance de vivre.

L'accouchement.

Le jour où ma femme accoucha, me dit mon ami X***, j'habitais un tout petit pavillon aux Batignolles. J'y avais un très joli jardin. Au fond était un mur d'usine; à droite, la rue était très large, avec la voie du chemin de fer en plus; à gauche une maison basse où nous ne voyons jamais personne. Je passai cette nuit dans le jardin. Nous étions en Août; armé d'un sécateur ce qui n'était pour la circonstance, nullement symbolique, j'arpentais fièvreusement les allées.

A deux heures, on avait dû aller chercher le docteur..... Au loin j'entendis rouler la voiture qui s'arrêta devant la porte..... : — « Ne vous inquiètez pas je resterai jusqu'au bout » me dit le docteur en redescendant.

J'étais dans un état de nervosité extrême et je n'osais approcher de la chambre, au premier, où j'entendais des plaintes et, de temps en temps, des cris. Une parente, une femme de service, le docteur, allongé sur un canapé, dans la pièce voisine, étaient là.

Tout ce que je pouvais faire était de pénétrer dans le vestibule, de temps en temps, de monter quelques marches de l'escalier et de me précipiter dehors sitôt que j'enten dais quelque chose.

Alors, le sécateur en main, je taillais tout ce qui se présentait devant moi. J'avais la passion de la symétrie et de l'alignement, où plutôt, j'agissais machinalement, anxieux, énervé, j'aurais coupé la queue de mon chien ou le cou d'un canard s'ils s'étaient trouvés sur mon chemin.

Dix fois, vingt fois! cent fois peut être, je recommencai la même manœuvre qui fut interrompue, le matin, au grand jour quand, inquiet d'un va-et-vient inusité, je pris mon courage à deux mains et grimpai tout en haut de l'escalier, juste au moment ou j'entendis piailler ferme et où je vis le docteur, sortir d'une porte, traverser le palier et déposer dans le tablier de la femme de service le petit être qui continuait à pousser des cris.

— C'est une fille, me dit-il, avec un organe de soprano! Vous en ferez quelque chose, elle est rablée comme une caille...

Quand, le lendemain, on descendit dans le jardin, on trouva les allées jonchées de feuilles et de fleurs — un carré de framboisier n'existait plus du tout — j'avais tout coupé avec mon sécateur. Il ne m'est rien resté dans ce jardin... que le petit bouton de rose que je te montrerai et qui a déjà un mois....

"Ces Messieurs sont servis....."

Insomnie.

Deux heures du matin, nuit d'insomnie; on se couche fatigué, la tête pleine du travail en train. On ne dort pas, ou mal; on se lève. En juillet, à cette heure, déjà, on pressent le petit jour. La nuit est chaude, l'air étouffant; on allume la lampe, on s'assied, on prend un livre ou une plume, et on sent qu'on dormirait; puis, si on se recouche, on ne dort pas. Il vaut mieux être à la fenêtre et regarder la lune qui saute sur le dos des nuages. Le temps passe; à l'horizon des lueurs se montrent derrière les coteaux de la banlieue... Personne dans les rues, puis on entend la cadence monotone de pas très lourds : ce sont des agents qui font leur ronde, lentement, en causant du temps où ils étaient militaires, et des villes de garnison où ils ont séjourné.

Dans une maison, en face, au loin, une fenêtre est allumée. C'est un enfant malade, sans doute, ou une pauvre fille qui passe une nuit au travail. C'est de la misère, en tous cas. Nous ne sommes pas dans un quartier de fenêtres joyeuses...

Le jour vient, des lueurs rouges se montrent; quelques tuyaux d'usine crachent, dans le ciel encore étoilé, leurs premiers jets de fumée...

Le jour va vite en cette saison : les étoiles maintenant pâlissent et, peu à peu, disparaissent; seule, la lune marque le ciel de son croissant de cuivre pâle. Quelques coqs, au loin, commencent leur chant matinal; dans les arbres les oiseaux piaillent. C'est la vie qui va se souder à la longue chaîne des jours.

Les gens commencent à se montrer dans la rue, ce sont des ouvriers d'usine ou des douaniers, un allumeur de gaz, qui est maintenant un éteigneur, lève son bâton et éteint les étoiles de nos rues, qui peu à peu, disparaissent derrière lui. Des balayeurs viennent ensuite; peu à peu, la rue s'éveille : c'est un homme qui tient un cheval par la bride, une voiture de maraîcher vient ensuite.

Au loin, le trottoir est coupé de deux traits de lumière, c'est la boutique d'un boucher et celle d'un boulanger où le gaz brûle encore, les marchands de vins empilent leurs volets sur le trottoir. Des ouvriers, de tous les côtés, sillonnent les rues avec des outils à la main ou des paniers qui contiennent leur déjeuner.

Le soleil derrière des toits d'usine crève la nue et montre, derrière les nuages, des tons d'or en fusion.

La rue s'anime de plus en plus, ce sont des porteuses de pain, des cochers d'omnibus; des maçons qui font des taches blanches en passant devant de vieux murs... Les voitures de laitier secouent leur ferblanterie dans la course rapide et sauvage qui les distingue des autres voitures... C'est encore une nuit terminée... On ferme la fenêtre, on tire les rideaux, et l'on se couche pour continuer à ne pas dormir, pour reprendre l'insomnie qui use plus que les heures de travail : Les nuits de ceux qui ne dorment pas sont un avant-goût de l'enfer !

Un maraudeur.

Je connais un vieux maraudeur de cocher qui n'a pas l'air d'un vieux brave homme et qui ne doit pas en être un, sans que je veuille dire qu'il ait commis des actes qui soient autres que ceux que commettent bien des gens qui occupent, dans la vie parisienne, des situations mieux classées que la sienne.

Mais je crois bien que, rendre vingt sous de moins ou coller une pièce fausse à un client, est le moindre de ses soucis, et qu'il a dû, depuis trente ans qu'il pratique, être mêlé à bien des aventures parisiennes où son rôle de cocher pouvait être facilement converti en rôle de complice; ce sont, d'ailleurs, les raisons qui me l'ont fait choisir pour grimper à côté de lui, en lapin, et avoir une idée de ce que pouvait être une nuit de son travail de cocher maraudeur.

Je le pris à onze heures, dans un coin de Grenelle où il remisait.

— « Rien à faire jusqu'au centre, me dit-il » — Cependant rue de Rennes, on le héla.

C'était un monsieur avec une couverture de voyage et une valise. — Gare du Nord, pas d'incident : deux francs. — Il fit quelques lacets devant la gare et récolta deux provinciaux qu'il mena dans un hôtel du côté de la Bastille. Ils étaient jeunes avec des têtes de vieux. Ils devaient demeurer dans une sous-préfecture, derrière l'Eglise, et le décès d'un parent devait être la raison de leur voyage. Il leur appliqua le tarif de nuit et vingt sous de bagage, quoi qu'ils n'aient eu qu'une malle. Nous trainâmes le long des boulevards jusqu'à la porte Saint-Martin. Un monsieur âgé monta avec un trottin qui avait encore son carton à la main. « A l'Arc de Triomphe, à l'heure ». « Ça, me dit-il, c'est du nanan, si vous vouliez vous amuser, faudrait monter dans la voiture », et il riait de bon cœur en fouettant cocotte. Nous montâmes lentement, là-haut, et on lui donna ordre d'aller à la Tour Saint-Jacques...

Le monsieur âgé, le trottin, le carton à chapeau quittèrent la voiture; on lui donna vingt francs; il rendit la monnaie, se fit donner trente sous de pourboire et colla une pièce de cent sous fausse.

— Mais où diable les prenez-vous, lui dis-je?

— C'est un garçon de café qui me les cède, j'en ai autant que j'en veux. — De la tour Saint-Jacques nous suivîmes le boulevard Sébastopol sans charger; il était une heure et demie. Nous primes un apache et sa femelle pour monter à Montmartre. Voyez-vous, me dit-il ce sont les meilleurs clients; on lui donna quatre francs et nous descendîmes prendre un verre Chaussée Clignancourt. Puis, nous rôdâmes deux heures, sur les boulevards, sans faire un client; vers quatre heures nous prîmes un monsieur et une dame très huppés qui sortaient de soirée, rue Vignon : « à Passy ».

— Ça, me dit-il, c'est de la saloperie; faudra que je les engueule pour avoir dix sous de pourboire. Puis, nous revînmes à la gare Montparnasse : il était cinq heures et demie. « Marchands de bestiaux ou députés, me dit-il, des costeaux ou des mufles comme on n'en voit pas ».

Le train n'était pas arrivé. Nous prîmes un café, je quittai ma vieille fripouille de maraudeur, et je m'en allai en songeant qu'il est dommage qu'un cocher n'écrive pas ses mémoires; d'autant que la corporation compte nombre de bacheliers et de premiers prix du concours général.

L'enfant malade

Tout là haut, à ce sixième étage, dont les chambres sont occupées par des ouvriers et des pauvres gens, on se couche de bonne heure et on se lève tôt. On se connaît et, de porte à porte, on cause et on se rend des services au besoin.

De braves gens, tout au fond du couloir, ont leur enfant malade; le mari est charpentier, la femme, chez elle, fait quelques travaux de couture.

L'homme ne boit pas, il rentre aussitôt la journée faite. La vie est dure, mais les pauvres gens se plaignent peu quand ils sont honnêtes, et, ceux-là, ne se plaignent jamais — un jour suffit à l'autre — on trime;

mais, le soir, on a la bonne platée de choux, la bonne lampe et le grouillot qui vous grimpe dans les jambes, et on est heureux comme ça...

Mais voilà qu'il tousse, le grouillot ; une sale toux de chien, et, depuis hier, ça dure ; et, maintenant, le voilà étendu sur le dos, suffoquant, avec ses bons petits yeux d'ange qui ont déjà l'air de souffrir.

Qu'a-t-il donc, mon Dieu ! et on s'inquiète ; la toux devient plus rauque, la respiration plus courte, la figure se congestionne, les pauvres petites mains se crispent sur les draps.... Alors une vieille voisine entre, voyant la porte entr'ouverte ; on s'affolle, on va chercher le médecin qui dit : « C'est le croup ; conduisez-le immédiatement à l'hôpital... »

Devant la porte cochère où, déjà, la marchande de lait déplie son paravent et range les bols et les petits pains, un fiacre est arrêté ; enveloppé dans une couverture, le pauvre petit, que la mère porte, suivie de la vieille voisine et de son gas, imprimeur, pénètrent dans le fiacre. Le rude charpentier cherche, sous la laine, les petits doigts roses qui fouillaient déjà sa barbe grossière et il embrasse cette petite main chaude de fièvre. Deux grosses larmes perlent à ses yeux et tombent comme des gouttes de rosée sur les côtes de sa veste de velours. Du revers de sa manche il s'essuye les yeux, il part, vers le pain à gagner, pendant, qu'au loin, il voit fuir la voiture...

Il va devant lui, tout droit, secoué par les sanglots arrêtés dans sa gorge, demandant aux mystères des choses, si ce pauvre petit morceau de sa chair, si la joie du pauvre bébé rose qui, le soir, grimpé sur ses rudes genoux lui tire la barbe, vont lui être ravis? Et, pris de douleur, sans rien dire, il entre au chantier, grimpe en haut, sur son échafaudage. La foi inconsciente qui vient de ses premières années, se réveille en lui, et il monte encore plus haut comme si, en se rapprochant des nuages, la prière que balbutie ses pauvres lèvres tremblantes devait être mieux entendue.

Le bal des Quat'z'arts.

Les compagnons charpentiers et les garçons limonadiers ont un bal, chaque année qui les réunit autour des contredanses et des flons-flons. L'Ecole Normale, l'Ecole de Saint-Cyr, l'Ecole Polytechnique dansent aussi tous les ans. L'Ecole des Beaux-Arts seule, ne prenait part à aucun quadrille.

En 1892, Henri Guillaume, l'architecte de talent qui, avec les sculpteurs, collabore à tant d'œuvres exquises fut frappé de la chose et, comme il était massier des élèves architectes, il réunit ses confrères de la peinture et de la sculpture, exprima en termes éloquents cette faillite des arts devant le quadrille des lanciers, ajoutant que les artistes pourraient, non seulement se livrer comme les autres aux plaisirs des entrechats, mais qu'ils pourraient, mieux que d'autres, décorer leur bal et lui donner un relief d'art et de fantaisie qui le distinguerait du genre pompier habituel à ces sortes de réunions.

... Et le bal des Quat'z'Arts fut fondé !

Ce premier bal eut lieu le 28 avril 1892, à l'ancien Elysée-Montmartre. Le succès fut complet. L'invitation était imprimée sur du papier à chandelle. La censure qui vit « trente-six chandelles » supprima le dessin, et un cachet fut mis sur la place qui lui était réservée « Cachez ce dessin que je ne saurais voir ». Ainsi en décida l'ombre de M. Bérenger.

Les organisateurs ne furent qu'excités par cette tracasserie inutile. Et l'année suivante, grâce à l'entremise de Jules Roques, le directeur du *Courrier Français*, le bal eut lieu au Moulin-Rouge. Il fut brillant. Sarah Brown en Cléopâtre, nue comme le creux de la main était en tête d'un merveilleux cortège égyptien. Ce bal fit sensation, la Presse en parla, et M. Bérenger, en poursuivant les organisateurs, fit la fortune des Quat'z'Arts et développa dans les ateliers une émulation pour l'organisation des autres.

Pendant dix ans le bal garda, intactes, les traditions qui mènent les artistes vers la beauté. Les Falguière, les Gérome, les Luc-Olivier Merson, les Mercier, les Pascal, les

Deglane se costumaient pour y venir et pour prêter leur autorité au sens d'esthétique auquel obéissaient leurs élèves.

Et rien n'était beau comme de voir ces femmes qui étaient nues, parce qu'elles étaient belles, et qui étaient encore plus belles parce qu'elles étaient nues, parées de tout ce que les artistes venaient leur donner de leur art pour chanter davantage le poème de leur beauté.

Maintenant, c'est presque fini, ce n'est plus le temple sacré; c'est l'auberge où tout le monde entre; la vulgarité, la grossièreté y sont entrées aussi; et, si les femmes qu'on y sert sont aussi belles et aussi nues que dans les restaurants de nuit, elles ne paraissent pas l'être. L'art ne pare plus leur beauté de sa magie et de son immortel pouvoir.

Les nuits d'échafaud.

Voilà bientôt dix ans qu'avec l'exécution de l'assassin Peugnez ce spectacle de haute noce et de crapuleux attrait ne fait plus partie des tournées de grands-ducs. Les petites personnes des cabinets particuliers ne trouvent plus ce numéro sensationnel pour leur donner de petits frissons. Les apaches et toutes les innommables vadrouilles qui venaient se repaître de l'exécution d'un des leurs sont donc privés de la joie que ces galas d'apothéose venaient leur apporter.

Si l'on s'explique que le meilleur moyen d'empêcher certains individus de supprimer des braves gens est de leur couper le cou, on ne comprend pas du tout la publicité donnée à ces spectacles.

Il semble que jamais on n'en devrait parler que pour annoncer qu'en présence du commissaire de police, du procureur, et du directeur de la prison, l'exécution d'un condamné à mort a eu lieu, le matin, dans l'intérieur de la prison. Cela suffirait largement.

Quand un monsieur est nommé commandeur de la Légion d'honneur on ne dresse pas une estrade devant sa porte. Le concierge et les voisins ne se réunissent pas pour voir des personnages officiels monter sur cette estrade lui passer la cravate au cou. Si on refuse la publicité aux actions d'éclat, pourquoi la publicité est-elle nécessaire aux criminels.

J'ai vu, voilà bientôt quinze ans, dans un cabaret qui était au coin de la rue des Grands-Degrés et de la rue de la Bûcherie, un plafond décorant l'établissement : c'était l'apothéose de la guillotine. Le sinistre instrument se dressait dans le ciel entouré de rayons, comme sont entourées les hosties des images religieuses, la lunette flambait comme un saint-sacrement et, dans la nue, des anges, qui étaient des condamnés, avaient des ailes et venaient, les mains jointes, attirés par les rayons de gloire des martyrs.

Voilà les résultats de cette publicité malsaine. Je n'ai jamais vu d'éxécution. Mais un soir, ayant rencontré un journaliste qui allait assister à l'exécution de Vaillant. Je fus avec lui ; et, tandis qu'il gagnait les places réservées à la Presse, je me perdis dans toute cette ignoble foule. Il me sembla que, tout autant que le condamné, les abominables créatures que je voyais méritaient d'avoir le cou coupé... à titre de mesure préventive.

Les derniers bals de l'Opéra.

Les bals de l'Opéra n'existent plus. C'est l'esprit de Paris qui les alimentait. Ils se renouvelaient chaque année dans tout ce que les milieux divers de la vie parisienne venaient leur apporter de fantaisie et d'entrain.

Quand la vulgarité des propos, les mots de commis-voyageurs et les piètres blagues de cafés-concerts y pénétrèrent, le bal de l'Opéra entra dans la période d'agonie qui le mena à la mort.

Les sarabandes de chiens en chasse du couloir des loges, vers deux heures du matin, soulevaient les cœurs les mieux plantés.

La société qui venait à ses bals y chercher des souvenirs d'autrefois, de piquantes intrigues, des « attrapages » entre gens dont l'éducation préparait, sans canaillerie, la vivacité et la crudité des mots, n'y trouva plus que de piètres parodies des temps passés. La place fût conquise désormais par la basse noce sur l'allure mondaine et boulevardière qui en avait dirigé l'esprit, et, peu à peu, la belle salle de Garnier, livrée aux filles et à leurs souteneurs, au monde interlope des professions inavouables, fut délaissée, et les flonflons soulevés par le bâton des Métra et des Ganne disparurent de la vie parisienne.

Aucun homme, aucune femme n'osèrent plus s'y montrer costumés; ceux qui, par la fantaisie et la richesse des costumes, auraient pu apporter le plus sûr attrait à un bal travesti, ne vinrent plus qu'en curieux, passer une heure en sortant d'un dîner. Au lieu d'être acteur, on ne fut plus que spectateur de tout le mélange de costumes de pacotille arrachés, pour cent sous de location, au décrochez-moi-ça des étalages de brocanteurs.

Au foyer, les matrones de maisons de prostitution, distribuaient à profusion, de petits carrés de bristol ou des jetons dorés qui donnaient l'adresse des lieux de galanterie.

Au buffet, entre les rangées de table, des personnages peu familiers avec le port de l'habit, se croyaient les derniers représentants de l'esprit français, parce qu'ils disaient des ordures aux femmes en servant tout le déballage miteux des revues de fin d'année.

Les gens qui n'étaient pas attirés par les magnificences de ces propos de charretiers se répandaient dans le fameux couloir des loges, les mains en avant, fouillant les corsages et soulevant les jupes, trouvant dans cette porcherie, à satisfaire sans bourse déliée, la grossièreté de leurs appétits et à écouler leur provision d'esprit.

Tout ceci était mal organisé sans doute, car, à l'époque où nous sommes, le bal de l'Opéra aurait pu vivre de tout cela, bien plus qu'en revenant au temps des Roqueplan et des Gavarni.

Les mitrons.

Les sous–sols où geint la boulange sont semés dans toutes les rues de Paris.

La nuit aux rentrées des soirées et des dîners en ville, les ouvertures des sous-sols jettent sur les trottoirs la trainée orange de leur lumière brumeuse.

Là–dedans, des gens, le torse nu, seulement vêtu d'un pagne, le dos penché, arqués sur des jambes aux muscles allongés, les bras enfoncés dans la pâte qu'ils soulèvent, hurlent et poussent des cris comme des sauvages dansant autour d'un feu de bois.

On dirait une lutte à main plate. Le mitron, penché sur la pâte, l'étreint comme le torse d'un adversaire, il en fait saillir la chair pâle sous la pression des bras, la rejette dans une retombée lourde, au fond du pétrin, où elle s'abat en claquant.

Une chaleur lourde et fade, à laquelle se mêle l'odeur de bouc des aiselles en transpiration, emplit une atmosphère que la poussière des farines, montant aux solives du plafond, rend plus lourde encore.

Le becs de gaz marquent des halos de lune dans ce brouillard blanc et moite où les torses nus s'agitent.

Des sons divers sortent des poitrines et s'associent aux bruits lourds de la pâte remuée, mise en boule et posée dans les paniers.

On dirait des miaulements de chats sur des gouttières; des sifflements de catarrhe lancent des jets de sons aigus qui percent le silence de la nuit; puis, ce sont des râles de forge, des ronflements de charretiers endormis, des geignements de bêtes malades; des soupirs prolongés qui éveillent l'idée de spasmes amoureux; des gémissements profonds paraissent sortir du fond d'une caverne où des prisonniers seraient enfermés.

Tous ces bruits différents sont créateurs d'un orchestre, qui devant la gueule du four où brûle le bouleau, clame toute la gamme de ses mélopées imitatives.

De ces geignements et de cette sueur de mâles s'étaleront tout à l'heure, dans la boutique ouverte, les bannes de pains dorés, les paniers de croissants fumants, de belles miches blondes déchirées par des entailles montrant la chair du bon pain blanc. La finesse des jockos et des flûtes poudrés de farine blanche s'aligne sur l'étagère du fond, après le coup de brosse de la porteuse qui prépare sa petite « poussette » pour déposer sur les paillassons des bourgeois encore endormis, le pain, le bon pain doré, le pain pétri par le mitron qui gémit et qui transpire.

La coupe d'Hébé.

Les vers d'Horace sont connus dans les maisons hospitalières et le *bis repetita placent* y suggère des attentions spéciales.

L'ameublement de chaque pièce se complète invariablement d'un guéridon Louis XV en marbre, cerclé d'or, de forme ronde ; le guéridon est une table truquée et destinée à recevoir le Champagne qu'on y verse et qui ne doit pas se perdre.

Enchâssés entre les doigts de la bonne accorte, le pied des verres et la bouteille de Champagne sont apportés. C'est la halte entre deux combats, c'est le repos nécessaire c'est la force à reprendre et à mettre au service des ultimes victoires... L'assaut a remué, chez l'homme, quelque vieux catarrhe. Il graillonne, et son ventre de citrouille, que ceinture le gilet de flanelle, ballonne sur ses noueux échalas; il cherche son mouchoir dans son pardessus et remontant par une aspiration ce qui embarrassait ses bronches, il se tourne vers le mur et expulse le gêneur dans son mouchoir. Madame en profite pour verser sur la table la moitié de la bouteille.

« Les dames ne doivent pas boire » est un article du règlement de la maison sévèrement observé, mais elles doivent avoir l'air de boire comme des éponges. Il faut avant tout que l'amateur allumé marche, et que le

Champagne (un louis la bouteille) coule... dans la rainure. La bouteille est vide, Madame a rempli sa coupe, y a trempé ses lèvres, puis, adroitement, en a versé le contenu sur la table. L'homme n'a rien vu et constate seulement que la bouteille est vide et que Madame a encore soif.

Et il demande une autre bouteille qui subit le même sort. Pendant que, le dos tourné, les bourrelets de son cou dansent sur son faux-col comme de la chipolata, Madame, dans les coupes, verse un peu de Champagne et le reste sur la table à plan incliné. Le liquide gagne vite la rainure et va s'écouler, au-dessous, dans un récipient. Résultat : cinq louis... et un peu d'illusion.

Noce de Faubourg.

Je m'étais demandé ce qu'on faisait du champagne qui coule dans les rigoles des petites tables Empire dont j'ai parlé autre part. Je le sais maintenant, un garçon qui venait d'être flanqué à la porte dans une maison de noces et festins à 3 fr. 50, me l'a dit.

Comme ce ne serait pas une réclame à cet établissement que d'en donner le nom, je me contenterai de dire qu'ayant posé au garçon cette question :

— Mais, comment fait-on à ce prix, pour donner du Champagne ?

— C'est du Champagne, me dit-il, *qui a déjà été bu !* et il m'expliqua la nature de certains achats dont je devinai l'origine, que ne connaissait nullement mon interlocuteur.

Bien des fois, le samedi soir, je suis allé m'asseoir, devant un verre de bière, sous les tonnelles de ces restaurants, où se font des noces d'ouvriers.

Le va-et-vient, les entrées et les sorties autour des portes des salles plus ou moins grandes réservées à chaque noce sont curieux. Ce sont des gens un peu allumés qui sortent un instant pour prendre l'air, d'autres, hommes ou femmes, pour d'autres raisons, se dirigent au fond, vers une porte que leur indique le garçon; on envoie jouer dehors des enfants qui s'endormaient à table. La mariée, en mal de confidence, sort un instant, avec une amie.

Des gens de Noces différentes se retrouvent où bien lient connaissance, en se promenant, les mains derrière le dos, devant les portes.

De la table, dehors, où je m'asseyais, je voyais les salons du rez-de-chaussée, les rideaux ouverts. Ah ! les gens du peuple ne sont pas cachottiers. J'étais là — comme avec eux — je voyais chacun à son tour y aller de sa chanson....

Puis, je pensai au Champagne des tables Empire en voyant au dessert la petite fête de famille : le bon papa, un peu émerillonné, les larmes aux yeux, paré de la *rédingote* des jours de fête, levant son verre, la maman serrée dans le corsage violet; tous les amis, autour de la petite mariée toute blanche, toute joliette, qui épouse un ciseleur, et qui soulevant sa belle robe, gentiment émue avec son bon petit sourire de vierge, tenant par la main le nouveau marié frisé aux petits fers, faire le tour de la table et choquer sa flûte au verre de chacun ; la petite flûte qu'elle tient de ses petits doigts menus, la petite flûte remplie peut être du champagne qu'Hébé a versé, là-bas, entre deux chevauchées, à l'homme en gilet de flanelle, au cou gras, qui secouait des chipolatas sur son faux-col.

Madame ne rentre pas.

Comme à l'ordinaire, sortant du café où il allait chaque soir en quittant son bureau, après avoir acheté son journal au kiosque voisin, il monta ses trois étages tranquillement, mit le passe-partout dans la serrure, poussa la porte et entra dans l'appartement. Il fut surpris de ne pas voir de lumière dans la cuisine, passa dans la salle-à-manger, dans la chambre, dans l'autre pièce, où couchait le gamin, qui avait huit ans, et ne trouva personne.

Il pensa qu'elle avait été retardée dans ses courses et ne fut pas autrement inquiet. Il alluma la lampe, déplia son journal, s'assit dans le fauteuil, près de la table.....

Un quart d'heure, une demi-heure passèrent. Il commença à s'inquiéter, et se mit à la fenêtre. Puis, il passa en revue toutes les raisons qui auraient pu la retarder. Il n'en trouva pas pour motiver un retard aussi prolongé. Il était neuf heures et demie.

Son inquiétude augmenta. Il descendit demander à la concierge à quelle heure Madame était sortie; puis il remonta, fouilla les pièces, chercha des indications avec ce qu'il pourrait observer; alla vers la garde-robe, constata qu'elle avait mise sa meilleure toilette et ne vit rien autre chose susceptible de le renseigner.

Une heure de plus s'est écoulée : Dix heures et demie. Il pensa à un accident. Le voilà parti, interrogeant encore la concierge qui ne savait rien du tout : « Madame n'a pas dit où elle allait ».

Il prend une voiture et ne sait quelle

adresse donner au cocher. Il se décide à aller chez une vieille cousine où elle va quelques fois. Elle n'y est pas. La cousine ne l'a pas vue. Il hésite à se rendre chez des amis, montrer son angoisse... son chagrin. Leurs parents à l'un et à l'autre sont en province; leur enfant est en pension aux environs de Paris. Il ne peut y aller à cette heure. Le fiacre le ramène chez lui. Il espère la trouver. Rien. Alors, toute la nuit en fiacre, il court les commissariats et les postes de police. Rien, rien, nulle part. Il est à moitié fou, il sanglotte. La voiture le ramène à la maison à 8 heures. Le concierge lui remet une lettre : son écriture ! Il sort dans la rue, veut la décacheter, sa main tremble. Il remonte chez lui, s'assied près de la fenêtre, arrive à déchirer l'enveloppe, à ouvrir le morceau de papier plié en quatre :

Il ne peut en lire davantage !... ses yeux gonflés de larmes crèvent... Chancelant. il se dirige vers le lit et sa tête s'effondre sur l'oreiller... dans des sanglots... sur son oreiller à Elle !...

Un fait-divers.

« Une femme, Mme L... appartenant au demi-monde, a été assassinée, hier, chez elle, rue Marbeuf.

Tous les matins, une femme à son service, vient régulièrement à huit heures, et pénètre dans l'appartement à l'aidé d'une clef qui lui est confiée. Elle vaque aux soins du ménage, de la cuisine à la salle à manger, attendant l'heure où, de sa chambre à coucher, sa maîtresse l'appelle pour lui demander son petit déjeuner.

Elle entra donc, hier, comme à l'ordinaire dans l'appartement et fut frappée, tout d'abord, de voir la porte de la chambre à coucher ouverte. Croyant que, contrairement à son habitude, sa maîtresse était déjà levée, elle se dirigea vers la porte. Elle recula épouvantée. Sur le lit de milieu, le corps entièrement nu de Mme L... était étendu en travers; un bras pendait et touchait presque la descente de lit. Une coulée de sang partait du cou et traçait sur les draps

FAIT-DIVERS

ajourés un sillon rouge qui allait jusqu'à terre. Une main crispée tenait un des rideaux du lit; un oreiller était tombé, et, dans le coin de la pièce, dont la fenêtre et les rideaux étaient fermés, sur une console, une lampe, sur laquelle l'empreinte de sang des doigts était marquée, brûlait encore, jetant sur les tentures une lueur rougeâtre qui luttait avec la lumière du jour qui entrait par la porte ouverte.

L'enquête menée rapidement a déjà révélé que Mme L. avait dîné dans un restaurant du boulevard, qu'elle avait passé la soirée au Nouveau-Cirque, soupé au Rat-Mort, et qu'elle était rentrée à deux heures du matin, n'ayant pas cessé d'être accompagnée d'un homme d'une trentaine d'années, élégamment vêtu, portant un pardessus mastic et une cravate rouge, ayant une forte moustache noire et les doigts garnis de bagues.

On a retrouvé dans la salle-à-manger des biscuits, une bouteille de kirsch à moitié vide, et deux verres.

La chambre à coucher a été bouleversée, l'armoire, ouverte, a été mise à sac et une partie de la lingerie qu'elle contenait gisait à terre, en désordre. Un vaste coffret à bijoux était vide. L'assassin a dû emporter une somme d'argent importante que la victime, on ne sait pourquoi, gardait toujours chez elle.

L'arrestation de l'assassin n'est plus qu'une question d'heures. On a retrouvé sur le tapis de la chambre, un portefeuille qui lui appartient et qui rend les recherches assez faciles. Il résulte de l'examen des papiers contenus dans ce portefeuille que le misérable est apparenté à une famille de diplomates.

On a retrouvé également dans ce portefeuille, une carte d'invitation aux bals de l'Elysée, des adresses de maisons de rendez-vous, des cachets d'antipyrine et les épreuves corrigées d'un volume de poésies que l'assassin allait publier, prochainement, chez Vanier, avec une préface d'un membre de l'Académie.

L'entôlage.

L'art de l'entôlage est pratiqué par des mains adroites, nous pourrions presque dire par des mains galantes.

Si la victime y laisse son porte-monnaie, ce qui est quelquefois la « douloureuse » imprévue qui lui est imposée, il lui reste toutefois le souvenir d'une heure aimable, puisque c'est le désir du retroussé qui mène au désagrément d'être détroussé.

Cet art n'existait pas autrefois. Les marivaudages passagers étaient peu soumis à un inconvénient qui est à prévoir dans la pratique des passades de hasard.

Un mercier de province venu à Paris pour faire des achats, un juge de paix de chef-lieu de canton qui vient chauffer son avancement près de son député. Un fêtard de sous-préfecture renouvelant pendant une quinzaine sa provision d'anecdotes parisiennes pour le Café de la Mairie, sont la proie courante des professionnelles.

On sort d'un théâtre, chauffé à blanc par

la vue des maillots bien remplis, émoustillé par les mots à double entente et par les grivoiseries de la pièce, on gagne une fringale d'autant plus compréhensible que des gens qui n'ont guère, dans leur province, à se mettre sous la dent que des chanteuses de café-concert à la veille du retour d'âge ou des filles d'auberge, encore chaudes de l'étreinte du roulier, trouvent, sur nos trottoirs parisiens, des éléments propices au réveil d'appétits endormis.

Alors le temps est beau, le boulevard, avec ses terrasses garnies et ses lumières, attire. Une heure agréable est à passer devant un verre de bière et un cigare de choix qui se laisse consumer lentement. On est si bien sur les chaises de rotin, dans ce va-et-vient de femmes qui s'arrangent toujours à montrer une partie de ce qu'elles peuvent vous offrir.

. . . .

... Et le lendemain on s'éveille tout seul dans une chambre d'hôtel. On sonne le garçon, qui ne sait rien..., qui a vu seulement partir madame, de bon matin.

Il faut à peu près se consoler si on vous a laissé votre pardessus. L'on descend la tête lourde, l'œil hébété. Il est des entôleuses qui ont le cœur sensible : elles laissent cent sous dans la poche du gilet. Juste de quoi aller conter son aventure à un compatriote qui vous donne ce qu'il faut pour que vous puissiez regagner votre sous-préfecture, où cette aventure ne sera pas contée aux habitués du Café de la Mairie.

Pierreuse.

Boulevard Rochechouart. Minuit et demi. Une pluie fine tombe lentement, couvre d'un rideau de cendre les maisons où dorment les lueurs pâlies, atténués, des boutiques de marchands de vins encore ouvertes. Les lanternes d'hôtel meublés semblent de tristes veilleuses de malades, semées de loin en loin dans la nuit.

La pierreuse, en cheveux, abritée sous son parapluie, est en arrêt derrière un arbre, guettant le passant rare, l'œil inquiet, craignant la rafle, épiant les ombres, au loin, dans le fond de lumière où se détache l'arc de fèu de l'entrée d'une station de Métro.

Pas un sou ce soir, c'est la raclée certaine. Trempée jusqu'aux os, grelottante, elle va, vient, jetant aux rares passants, un appel de détresse qui les fait filer plus vite.

Voilà bientôt une heure ! toujours rien, un vieux lui a mis dix sous dans son bas et c'est tout. Un pochard a failli s'arrêter, écouter les offres, puis a filé devant elle en faisant des huit. Puis, c'est un monsieur en chapeau haut de forme, engoncé dans son pardessus qui lui a répondu : « Merci, j'ai ça à l'œil » ; un autre, taciturne, marchant lentement, a failli se décider ; mais, après lui avoir dit des indécences, a filé comme les autres...

Alors, ça sera donc tout, les dix sous dans le bas ! avec l'heure qui s'avance, de plus en plus les passants sont rares. La pluie tombe toujours, le froid devient plus pénétrant.

Elle s'en va, droit devant elle, n'espérant plus la moindre aubaine, n'osant pas rentrer dans son garni, marchant très vite, comme poussée vers un but, tandis quelle ne sait pas où ses pas la mènent.

Un feu, au loin, flambe dans un chantier — un bon feu de bois goudronné. Un vieux sous une bâche est plié en deux, moitié endormi. — « Laisse-moi me chauffer un peu, ça ne te brûlera pas plus de bois ? » Elle s'assied, se sèche, puis s'étend et s'endort sous cette bâche qui abrite ces deux misères, près de ce feu de bois qui les réchauffe un peu.

Après dîner.

Restaurant du Boulevard. Minuit.

Chaque heure a ses plaisirs, je ne sais plus quelle femme, sous le second Empire, disait que l'heure du cigare était l'heure où on pouvait mettre les... coudes sur la table.

Les chaises se rapprochent; certaines mêmes, sans priver personne de la position assise, restent inoccupées. Tout le reste n'est guère fait que pour préparer ce moment-là qui est le moment propice à l'échange des confidences et des états d'âme.

Les chartreuses, les wiskys, les fines se sifflent sans qu'on y prenne garde; c'est l'heure où, même si on n'est que quatre, il y a toujours un monsieur qui ouvre la fenêtre parce qu'il a trop chaud au moment où un autre dit au garçon d'aller chercher des fiacres.

Il faut bien qu'on se sépare ; les adresses rue de Berne, rue Marbeuf, rue Clapeyron sont jetées aux cochers; et, chacun suivant des habitudes ou des préférences indiquées, déjà, avant les entremets, s'insère dans la boîte à taximètre. Un des convives marié, sollicité cependant, objecte :

— Oh! non, pas de blague, moi, faut que je rentre...

— Viens, demain matin?

— Tiens, c'est une idée; à neuf heures et demie.

Et le monsieur, rentre chez lui, se couche, et, sur l'oreiller conjugal, se laisse aller aux rêves des délices qu'il se promet le lendemain.

Une nuit aux Halles.

« Les Nuits aux Halles » pourrait être le titre d'un gros volume de documentation et de faits que le Parisien ignore, ainsi que beaucoup d'êtres humains ignorent la fonction de leurs organes.

La débordante activité, l'incomparable mouvement qui règnent, autour des Halles, de minuit à neuf heures du matin, n'ont d'équivalents nulle part.

Quelle mêlée ! quel grouillement de gens et de choses différentes ! Toutes les cours des Miracles des crève-la-faim et des misérables s'y abattent pour y trouver l'abri d'une nuit et la matérielle d'un jour. La blague parisienne du garçon boucher se mêle aux propos des croquants de la Brie. Toute la saloperie et toute la racaille de la prostitution s'y donne rendez-vous dans des repaires où le gain du soir se partage en préparant les cambriolages du lendemain.

La noce des boulevards et le monde des filles cossues descend faire des tournées dans les cabarets où l'on chante des romances et où on assassine de temps en temps.

On rencontre là, le marlou qui a un brillant à la cravate. La demi-mondaine au corset de dix louis y vient pour reluquer les biceps des porteurs et remplacer les piqûres de morphine par l'odeur du mâle et la vue des costeaux.

Le gros fermier de la Beauce, en blouse, y traite ses affaires avec les mandataires en jaquettes cintrées, à la moustache passée au petit fer...

Tout ce monde demanderait en particulier des pages d'observation et d'analyse. Mais c'est une seule nuit aux Halles qui vient prendre place dans les *Nuits de Paris*. Nous n'irons pas partout. Nous passerons rapidement, en cherchant seulement à noter le pittoresque et l'accent des tableaux à l'aide de croquis légers. Ce n'est qu'une promenade dans des lieux qui ne pourraient se décrire qu'en y faisant un séjour prolongé.

A minuit, deux inspecteurs que je devais à l'obligeance des chefs de la Préfecture m'attendaient au poste de la rue Berger. Je tenais, avant que ne commence le mouvement de la vie des Halles, à tourner dans le quartier, à voir les rues paisibles avant la tourmente des heures de fièvre.

Je traverse la place Sainte-Opportune pour me perdre un peu dans les très petites rues d'alentour : rue au Lard, rue de la Lingerie, rue de la Poterie; je descends par la rue Berger, remontant la rue Pierre-Lescot pour explorer l'îlot formé par les rues Mondétour, Pirouette, Grande-Truanderie. Puis, je gagne Saint-Eustache, et, par la rue Vauvillers, je reviens à la rue Berger, après avoir vu le quartier avant son réveil... les marchands de vins aux boutiques vides, ou pas encore ouvertes. Quelques gens seulement dans les rues; d'autres dorment au pied des colonnes des halles que je traverse et dont les grandes allées ne sont guère plus animées que la place du Carrousel, à cette heure. Les voitures commencent cependant à se montrer ; un remuement, des bruits confus s'indiquent. J'ai vu ce que je voulais voir.

Au poste de la rue Berger, je retrouve mes deux hommes qui m'attendent. Nous allons dans un café, rejoindre quelques amis désireux de m'accompagner en certains endroits que j'ai à visiter.

Nous voilà groupés et nous entrons à *La Grappe* qui est une coucherie de nuit, rue Courtalon, dont la véritable enseigne est *Le Raisin d'Or*. L'entrée est petite : rien autre que la grappe d'or de raisin, au-dessus de la porte, ne saurait indiquer un endroit où l'on couche deux cent cinquante miséreux. Pas de comptoir de zinc, rien qu'un petit comptoir en bois, grand comme une table de toilette, où se tient le patron, le bon géant Émile, dressé là comme un capitaine sur le pont d'un navire. Des tonneaux, des tables ; un rentrement dans le mur, sert de débarras ; de simples boîtes en bois clouées au mur, près du comptoir, forment des tablettes pour y loger de menus accessoires. En face, le panneau est garni de très grandes photographies, qui sont des scènes de lutte et des portraits de lutteurs, au milieu desquels est celui du patron qui est un professionnel, mais qui est surtout un professionnel du sauvetage. Dix médailles sont là, étalées sur sa poitrine, et je songe à ceux qui lui doivent la vie et je pense aussi aux gens qui sont très fiers d'avoir un petit bout de ruban à leur paletot. J'aime mieux la poitrine d'Émile : il ne s'en doute probablement pas.

Sur des tables dans la boutique, et au fond dans l'arrière boutique, très grande, plus de cent misérables sont là, pliés en deux sur les tables, ou couchés à terre. On les reçoit, ici, à neuf heures, pour quatre sous, avec une soupe, et trois sous, sans soupe. Ils se logent comme ils peuvent, se recroquevillent en chiens de fusil sous les tables, profitant du hasard d'un mouvement pour allonger un bras, attendant le moment propice pour enserrer une jambe dans une partie libre, entre deux corps.

C'est une indéfinissable mêlée d'abatis! Tout cela est l'un sur l'autre ; pas un lambeau de parquet est inoccupé ; et, cependant, il entre encore d'autres gens qui trouvent tout de même leur place dans ce méli-mélo de chair humaine. Personne ne dit mot; le silence de ces damnés est effrayant : ils sont muets; seuls des ronflements rauques, des sifflements de bronches corrodées par les alcools, empêchent ce silence d'être profond, au milieu de tous ces spectres, étendus à terre comme dans une fosse commune.

C'est qu'ils savent que c'est la consigne, qu'Émile ne tolère pas de bruit, qu'il a installé chez lui, à l'aide de ses biceps, une discipline rigoureuse à laquelle chacun doit se soumettre. Autrement, oust! il a vite fait de prendre un de ces paquets et de le jeter dans la rue; et ses bras d'athlète, sa mâle décision, ont rompu tout ce monde de révoltés, de déchets d'humanité. Tout seul, derrière son petit comptoir, il se fait obéir, par le seul fait d'une autorité qui s'est affirmée dès le premier jour. « Fallait voir, me disait-il, quand j'ai pris ça, ce qu'il y avait de la fripouille! aujourd'hui, c'est assaini. Vous le voyez, personne ne rouspète, ça ne fait pas plus de bruit qu'il y en aurait dans un dortoir de nonnes... »

Et c'est vrai! Et c'est tout à fait extraordinaire de voir tous ces débris qui ont dû s'insurger contre tant de choses, se révolter contre les lois, jeter des blasphèmes à poignée contre la société, venir demander, là, après avoir remué toute leur rancœur le repos d'une nuit, obéissant au patron comme les moutons obéissent au berger.

Un garçon, muni d'un falot, nous fait descendre dans les sous-sols.

Une odeur indéfinissable vous prend à la gorge: cela tient du tonneau en vidange, de la toison de fauve et du lait tourné. Les narines subodorent des relents de rancissure que des bouffées de chaleur moite amènent du fond des caves.

Il y fait plus chaud, des senteurs de cages de fauve, une lourdeur d'étuve où grabotte du linge sale vous enveloppent; une odeur de peau humaine emplit l'atmosphère, le fouillis est là, indescriptible, nous ne savons où poser les pieds. On ne distingue plus rien. C'es une salle de gare après un accident de chemin de fer que nous produit l'effet de cette première cave. Rien de tout ce monde ne bouge. Ces gens paraissent morts. Là, c'est le clan des habitués, on y peut dormir à partir de six heures. En nombre, à cette heure, ils arrivent, impatients d'échapper à la vie d'un jour : « Une cloche » — ce sont les quatre sous qui tombent sur le petit comptoir, — ils mangent leur soupe, debouts souvent, et s'engloutissent ensuite dans le vomitoire qui les mène, en bas, vers l'oubli des choses et dans nuit de sommeil qui les fait déjà entrer un peu dans le néant et dans l'inconnu de la mort !...

Aussi, ce sont bien des cadavres que nous enjambons pour pénétrer dans la salle du fond; cadavres qui ne sont pas morts, voilà tout; car on s'inquiète, on est anéanti en pensant au peu de vie qui reste chez tous ces êtres humains en loques, dépoitraillés, dont on n'aperçoit presque plus la forme : Ils paraissent tous amputés d'un bras ou d'une jambe, des têtes paraissent manquer

à certains. Ce ne sont plus que des tronçons que des lambeaux d'humanité jetés, là, par l'implacable destin comme seraient jetées sur les dalles d'une boucherie, au hasard, les parties dépecées de moutons et de bœufs.

Quelques têtes se dressent à notre approche : ce sont des yeux de damnés qui se lèvent vers nous, des regards de souffrance ou d'hébétude qui vous navrent. Machinalement, on donne quelques sous, ayant la honte d'une impuissance, comme un dément qui croit faire quelque chose d'utile en versant une carafe d'eau dans un fleuve tari.

Nous montons, suivant le falot; nous sortons de ces caves en nous demandant si nous n'avons pas pénétré, à la suite du Dante, dans la première enceinte de l'Enfer où se trouvaient les âmes neutres condamnées à une marche sans fin et aux piqûres d'insectes parce qu'elles avaient vécu sans vice et sans vertu, « trop faibles pour servir, trop paresseux pour nuire », suivant le vers de Voltaire.

Et peut-être cet avachissement de la

loque humaine est-il réservé, à ceux qui n'ont eu aucune action dans la vie et qui se sont allés, inconscients, vers les hasards des lendemains.

Je reviendrai voir ces pauvres déshérités. Je sais que je causerai avec eux et que, malgré mon paletot de la Belle-Jardinière, ils me traiteront en ami et qu'ils me diront peut-être des choses qu'ils ne confieraient pas à d'autres.

J'ai l'expérience de ces entretiens avec les pauvres bougres. Ils savent que si je ne peux leur donner que quelques maigres décimes, je prendrai un peu de leurs misères. J'y gagnerai plus qu'eux. La fréquentation des parvenus et des filles haut cotées n'élève pas beaucoup la pensée tandis que les contacts avec la souffrance arrivent à vous décrasser un peu et à diminuer la couche d'égoïsme que nous avons sur le cœur. Souffrir avec les autres c'est un peu moins souffrir. Quand je vois des gens faire de la morale et de la philosophie sans avoir pénétré dans la géhenne de ces misères, il me semble que c'est Mayol ou Dranem qui me chantent des chansons.

Je suis retourné à « la Grappe » quelques temps après, en plein jour.

Autour d'une table, près du comptoir, une maman est assise près d'une grande jeune fille à l'air timide et doux. Des travaux de lingerie sont épars sur la table, près d'elles; une jeune mère, assise à côté, allaite un petit enfant.

Il est six heures, le bon géant vient de se lever. Sa journée, jusqu'au lendemain matin, commence; je le félicite sur sa jolie petite famille... Des miséreux commencent à entrer dans la salle du bas : « une cloche » et ils donnent leurs sous qu'on met dans une petite boîte ronde dont on soulève le couvercle.

« — Vous voyez, me dit le patron, ma fille est là, au milieu de toute ma clientèle. Jamais elle n'a entendu un mot de travers. Ils n'oseraient en dire devant elle..... Ah ! on se trompe quand on parle de ces gens-là ! » Et je restai absolument convaincu qu'une jeune fille aurait beaucoup plus à rougir de ce qu'elle entendrait dans le monde que de ce qu'elle peut entendre ici... Avant de quitter Émile je lui demandai, en riant, s'il faisait crédit : « Souvent, me dit-il, et je ne perds jamais rien ! »

Filons maintenant au hasard, passons devant le « Grand-Comptoir » où les filles commencent à se montrer. Mais c'est l'heure d'arrivée des voitures du Dépôt au poste de la rue des Prouvaires — et je laisse mes compagnons au « Grand-Comptoir » — je les retrouverai tout à l'heure à « l'Angelus ».

Je me dirige donc seul vers le poste de police de la rue des Prouvaires où on m'attend. L'on entre sous une longue allée qui conduit à une cour, au fond ; le passage est encombré d'un tas de choses : sacs de légumes, caisses vides qui devaient contenir des fruits ; paniers de différentes sortes. Une grande armoire est à droite ; sous cette allée des échelles sont accrochées, des cordages pendent à des potences en fer ; une sorte de cage à poulet, à claire-voie, à gauche, sert de débarras à la concierge dont la loge est plus loin. Des tablettes divisent cette cage; on y voit toutes sortes d'ustensiles de ménage; c'est en même temps un garde-manger; sur une tablette, un bocal de poissons rouges entre des piles d'assiettes et des litres vides et des pots de confitures...

Le poste de police est à droite. J'entre, des agents sont assis autour d'une table, et je livre mes désirs d'investigation aux soins du brigadier obligeant qui va me renseigner.

Je penètre dans la partie réservée aux « violons », tout au fond de la cour. Dans le premier violon, celui des hommes, ils sont trois qui dorment, allongés sur les bancs. Dans le dernier, on entend des chants : ce sont des filles ramassées qui attendent le panier à salade. Notre arrivée les met en joie et elles dansent; puis, s'approchent, pour nous demander des cigarettes.

— Faut-il? dis-je au brigadier.

Comme il répond par un « non » qui ressemble bien peu à un empêchement, et que, sans doute, il tourne le dos pour ne rien voir, je passe des cigarettes au travers le grillage très serré, comme on donnerait des morceaux de sucre à un perroquet. Le paquet est bientôt vide et, de l'extérieur, j'allume les cigarettes qu'elles tiennent à la bouche et qu'elles passent par les trous du grillage. Puis, ce sont des sous qu'elles demandent et qui leur sont passés sous la porte fermée, cadenassée, par un énorme verrou. Alors, elles se mettent à rire et à chanter, à relever leurs jupes jusque sur leur tête, pensant peut-être qu'elles doivent me remercier de mes largesses en me montrant des choses que je ne tiens pas à voir.

Deux ou trois de ces filles sont jolies, tout aussi jolies, plus, peut-être, que bien des habituées de restaurants de nuit dont les..... attentions se paient cinq louis. — Elles sont jeunes : il n'y a pas bien longtemps qu'elles ont quitté l'aiguille ou le pinceau à colle de la fleuriste.....

Mais, du violon des hommes, des cris

s'élèvent, une bordée d'injures emplit le couloir, un monologue d'invectives est lancé d'une voix rauque, profonde, enrouée, par l'homme qui était tout à l'heure étendu sur le banc. Ces imprécations sont terribles, menaçantes, elles s'adressent à un autre homme couché tranquillement au fond et qui coupe de temps en temps le monologue que son voisin lui verse sur la tête, d'un mot concis et historique, qui met le vieux en fureur. Il se lève et, le poing en l'air, paraît vouloir frapper l'autre. Comme pour nous prendre à témoin, sa tête se tourne vers nous, en pleine lumière.

C'est Mounet dans Œdipe! un œil sort de la tête soulevé par une blessure dont le sang coule. Déculotté, d'une main il retient ses hardes. Quelque chose comme un vieux sac le couvre.

— Salaud! misérable, clame-t-il, tu as vingt ans et tu es là, bandit. Moi, je suis un vieux, rongé par la misère; j'ai trimé, j'ai souffert, je ne suis plus rien, mais toi, crapule, que fais-tu là, à ton âge? Que feras-tu demain, chenapan ? S'il fallait être à ta place, j'aimerais mieux me faire couper tout!... tout!!... même la barbe!!!... et il hurle comme une bête fauve par un temps d'orage, son poing violemment frappe sur le banc... Le brigadier, tranquillement, ouvre la porte et, doucement, prend le vieux par le bras et l'insère dans le violon voisin où il continue à rugir comme un Canaque...

Cela nous a éloigné du côté joyeux qui s'est apaisé un instant. Un roulement de voiture s'entend, des agents arrivent dans le couloir. « C'est le panier à salade ». Les filles sortent en chantant à tue-tête, nous les suivons dans la cour, jusque dans la rue, l'une me dit : « Tu ferais mieux de m'emmener ». « Au revoir mon p'tit brigadier », dit une autre.

Le garde ouvre la porte et elles montent ; l'une se retourne sur le marchepied et envoie un baiser à un homme en casquette... une autre s'efface, laisse passer les autres et dit : « Tu sais bien que j'aime toujours mieux grimper la dernière. »

Je retrouve à l'Angelus, les compagnons de mon voyage nocturne. Avec nos guides je traverse les Halles ou le mouvement s'accroît.

Nous passons devant chez Rigal ; nous allions entrer. Un des inspecteurs me dit : « A moins que vous le vouliez absolument, n'entrons pas. Je viens d'être « brûlé » et ce ne serait peut-être pas prudent... pour vous... » Je n'insiste pas, Je vois Rigal du dehors; la boutique est bondée, on n'y trouverait pas une place, et autant que possible, je tiens à revenir chez moi au complet. D'ailleurs, deux agents avaient fait la même observation à nos inspecteurs avant notre arrivée, à l'Angelus où, à notre entrée, prestement, quelques clients se sont défilés. Bientôt les bouges des Halles — je parle des nouveaux — ressembleront à des salons du Café Anglais. C'est le cas de l'Angelus, de Pradel où nous n'avons rien vu de particulier, filles et souteneurs cossus, voilà tout; chanteurs autour du piano comme à Montmartre.

Nous sortons, nous faisons bande dans la

rue. Le « panier à salade » de Bonne-Nouvelle passe devant nous. Comme il est bondé, des filles emplissent le couloir ; nous avons l'air d'agents qui vont faire une râfle et, au travers des grilles, elles nous lancent une bordée d'injures.

Nous traversons à nouveau les Halles pour aller, au Caveau, rue des Innocents. Nous descendons un escalier qui ne doit pas être un séjour agréable quand des gens s'y poursuivent avec des couteaux. En bas, une petite pièce où deux agents sont assis. Au fond deux caves lardées d'inscriptions. Le plâtre est fouillé profondément par la lame de surins qui se sont peut-être enfoncés dans de la chair humaine. On ne peut rien lire, tout est haché, les murs sont entièrement décrépis ; si, dans quelques siècles, ces murs sont livrés à des savants futurs, férus de l'argot de nos jours, ils auront autant de mal à les déchiffrer que n'en eut Champollion avec les hiéroglyphes des Pharaons.

Ces deux caves sont bondées. Nous pouvons péniblement trouver à nous asseoir.

Enfin! nous nous casons. Deux filles de haute noce, très jolies, sont là. Elles étaient sans doute, il y a une heure, avec des financiers, chez Maxim's et les voilà maintenant avec deux citoyens à têtes de belluaires; ces messieurs ne sont certainement pas apparentés à des familles du monde. Le reste, toujours des filles et leurs accessoires masculins, qui viennent là, se reposer des travaux de la journée. Il fait une chaleur étouffante et on ne peut pas bouger. On songe que, quand il y a une rixe, là dedans, il ne doit pas être possible de filer si on est, comme nous le sommes, incrustés au fond de cet antre qui sent la pouffiasse et la bière rancie. Un pianiste est là qui accompagne et qui s'essaye à adoucir les mœurs de ce monde un peu inquiétant.

Filons, il est bientôt quatre heures. C'est le petit jour. Traversons, encore une fois, les Halles en plein mouvement à cette heure, et allons chercher un abri à l'Ange Gabriel.

Avec le patron, nous sommes en pays de connaissance. Il monte avec nous au premier, fait déplacer des clients et nous installe. Nous allons souper d'une tranche de jambon, de pain frais, arrosé d'un vin blanc qui nous est recommandé.

Autour de nous, les gens soupent ; c'est un peu le même monde qu'au Caveau : une sorte d'état-major de la prostitution.

Un homme chauve, à barbiche de vieil adjudant, attaque au piano des valses très lentes, au rythme prolongé, qu'il allonge encore, sous les caresses d'un doigté mourant.

Puis, dans l'air, monte la mélancolie d'une romance de Privas chantée par un homme gros et court, à l'allure soignée, au geste discret :

« A qui sait aimer les heures sont roses »

A une table du fond, une femme brune, aux yeux agrandis par le cohl, que les étreintes de vingt mâles ont sans doute fatiguée, paraît mourir, tournant des yeux de chèvre, la tête appuyée sur l'épaule d'un homme en veston d'auto.

« A qui sait souffrir les heures sont noires »

Dans l'angle opposé, un gas de vingt ans, au masque de tuberculeux, souffle dans le nez d'une femme assise sur ses genoux, des bouffées de cigarette qui montent au plafond.

« A qui sait mourir les heures sont blanches »

Deux éphèbes sans barbe, au col échancré, à la peau mate, aux yeux de Slaves, à l'allure de matelots d'opérette, sont paresseusement allongés sur la banquette, le regard perdu au plafond... dans le vague.

Nous félicitons le chanteur du choix des chansons et de la façon dont il les interprète. Et, vraiment, dans ce lieu, cette note d'art est engourdissante comme un parfum vénéneux.

Oh! les dangers de l'art dans les endroits où la sentimentalité et la sensualité créent des accouplements inconnus de sensations malsaines! Car, là, les appétits ne se limitent à aucune obligation sociale. Ce sont des dents de loups affamés auxquels on jette l'appât qui les rendra féroces. Et c'est pourquoi cette poésie indiscutable, semée par des gens de talent, avec les chansons et les monologues, où éclôt la petite fleur bleue de l'idéal, est une semence qui fermente plus qu'ailleurs dans ces milieux où le désir de jouir n'a pas de frein.

Ne sait-on pas que les filles et le monde interlope qui vit autour d'elles se font un répertoire de toutes ces rêveries accommodées aux besoins inquiets et toujours chercheurs de leur sensualité.

Et, soi-même, quand on a passé une heure là, ne se sent-on pas un peu grisé, un peu à la merci d'une ivresse qui embrume le cerveau et qui porte les sensations vers des rêveries malsaines et troublantes.

Sortons de cette serre chaude. Le grand jour frappe aux vitres de l'Ange-Gabriel; quittons la poésie pour les réalités, quand traîtreusement, cette réalité se dresse devant nous sous la forme du rêve.

Assise sur le rebord d'une table, masquant les figures plâtrées des filles et le masque des gens sans aveu qui emplissent la salle, c'est une figure de femme, de gamine presque, échappée, la veille, de Ménilmontant, en grand chapeau, en corsage aux manches de gaze qui montrent des bras maigriots de *parigotte*. Son profil menu, ses yeux ombrés, humides, aux lueurs rousses, sa bouche à la lèvre supérieure retroussée, son petit nez aux narines roses, aux méplats légèrement tourmentés, avec le bout relevé d'un petit coup de pouce donné par le diable, font de cette figure de femme, qui à peine en est une, une inquiétante image de Sphinge moderne.

Elle est entraînée là, sans doute, par l'impression que nous avions tout à l'heure. Elle paraît descendre ou des nuages ou d'une vague qui aurait emporté Vénus ; mais sûrement, elle est faite pour vous entraîner vers Minos ou Rhadamante, de sa petite main menue où les doigts doivent encore être marqués de piqûres d'aiguilles.

Mais c'est, là, l'harmonie des choses. Nous devions cette nuit voir ces ghettos de misérables, être écœurés par ce monde de la prostitution pour arriver à rester inquiets, troublés, devant cette gringalette de seize ans, poussée entre deux pavés, et dont le rôle sera peut-être de précipiter dans les géhennes dont nous sortons ceux qui tomberont sous les griffes de ses mains si frêles..., si menues..., si pâles...

Rentrons, nous avons vu tout ce que nous pouvions voir dans une nuit. Entrer quelque part, s'y asseoir un instant et aller ailleurs, serait voir les Halles, comme les voient les touristes de l'Agence Cook.

Nous n'avons oublié ni Fradin, ni Baratte, ni tous les clapiers de la rue Quincampoix et de la rue Aubry-le-Boucher. Les *Petits Mémoires* de Paris, nous ramèneront plus tard dans ces endroits curieux et dans bien d'autres plus étranges encore.

De longtemps, nous connaissions les lieux dont nous avons parlé. Il s'agissait de les voir, cette fois, pour en indiquer le côté synthétique et le caractère particulier. Ce ne sont que des jalons posés par nous, pour orienter des observations plus complètes et des études plus profondes que nous espérons pouvoir publier un jour.

Paris est une belle fille coquette et maniérée. Dissimulée comme toutes les femmes, capricieuse comme celles après lesquelles on court, elle se donne au premier venu, mais elle ne se livre un peu, qu'à celui qui établit un siège en règle, autour de cette énigme vivante.

C'est le sphinx grec aux seins de femmes, à l'œil inquiétant, qui vous pose des questions quand vous lui demandez ses secrets, et il n'est plus guère d'Œdipe, maintenant, qui pourrait les lui arracher tous.

La nuit est finie. Le jour, l'air du matin nous rafraîchissent les yeux et nous fouettent le visage; de petits frissons nous courent sur la peau et chassent l'engourdissement d'une nuit passée dans l'atmosphère chaude et fade des endroits où nous avons séjourné. Tout cela est évaporé maintenant, on a l'impression d'une sortie de convalescence après une maladie, quand on échappe à l'air de la chambre qui sent les drogues.

Le temps est beau, d'ailleurs ; puis, ce fourmillement d'êtres qu'il faut traverser vous ranime; c'est l'action après la paresse et le farniente de l'inaction sur des banquettes, en grillant des cigarettes.

Je ne décrirai pas la fébrile activité, le branle-bas de combat, le flux et le reflux tumultueux, l'agitation perpétuelle, le va-et-vient formidable que créent, dans cette vie des Halles, tous ces gens qui vont, viennent, courent, portent des sacs, déchargent des charrettes, montent et dégringolent du haut des camions, s'agitent autour des légumes en tas, se bousculent devant les endroits obstrués par des montagnes de paniers, gesticulent et se démènent comme des diables, s'engueulent tant qu'ils peuvent, vont prendre un verre ensuite, ne sont jamais de mauvaise humeur, se foutent de la question sociale, mangent comme des loups et boivent comme des trous, pour recommencer le lendemain la vie très dure dont ils ne se plaignent jamais.

Ce monde est bien à part dans la vie de

Paris. Ce n'est ni l'ouvrier, ni le paysan; une gestation spéciale l'a formé; il ne ressemble à rien qu'à lui-même. C'est le monde des Halles. On ne peut ni le comparer, ni l'assimiler à quoi que ce soit. Il a une vie bien à lui et bien différente de la vie des autres.

*
* *

Pour regagner les quais nous devons traverser la pointe Sainte-Eustache et longer la rue Baltard, qui sépare les pavillons des Halles. C'est une rue sans maisons.

Nous voilà enfoncés dans toute la mangeaille que chaque nuit vient apporter aux entrailles formidables du monstre. La chaussée et les trottoirs sont envahis : ce sont des pyramides d'asperges, enrobées encore de la rosée du matin, qui détachent leurs tons de nacre sur l'émeraude des laitues et le soufre des chicorées. Les prodigieux tas de carottes dressent en l'air leur muraille de brique, derrière les contreforts de sacs et de paniers, de longues rangées de choux-fleurs bordent les trottoirs, moutonnent comme des vagues ; des paniers de fraises étalés à terre, grands ouverts, forment un tapis de laque devant des monticules de radis qui montrent des milliers de petites perles roses serties dans leur ceinture de feuilles.

On a du mal à circuler. Il faut, dans les lueurs du matin, chercher son chemin entre les créneaux ouverts par les places de chaque marchand.

Toute une fraîcheur monte du sol. On est baigné dans l'haleine des légumes frais et la senteur des fraises. Et, devant soi, dans le ciel pur, la lune pâle se promène toujours... toujours, en s'effaçant, peu à peu, graduellement, comme un symbole de l'anéantissement des choses et du néant de tout ce que nous venons de voir.

TABLE DES MATIÈRES

Pages

IMPRIMERIE DE PARIS
22, RUE DES VOLONTAIRES PROLONGÉE
PARIS-XVe

www.ingramcontent.com/pod-product-compliance
Lightning Source LLC
LaVergne TN
LVHW021718230826
846091LV00003BA/807

* 9 7 8 2 3 2 9 2 9 4 2 0 9 *